# CHI È SENZA COLPA

DENNIS LEHANE

# CHI È SENZA COLPA

*Traduzione di*
STEFANO BORTOLUSSI

**PIEMME**

Titolo originale dell'opera: *The Drop*
Copyright © 2014 Twentieth Century Fox Film Corporation.
THE DROP™ & Twentieth Century Fox Film Corporation.
All rights reserved.

Questo romanzo è un'opera di fantasia. Personaggi e situazioni sono invenzioni dell'autore e hanno lo scopo di conferire veridicità alla narrazione. Qualsiasi analogia con fatti, eventi, luoghi e persone, vive o scomparse, è puramente casuale.

Realizzazione editoriale: *Elàstico, Milano*

ISBN 978-88-566-4391-6

I Edizione 2015

© 2015 - EDIZIONI PIEMME Spa, Milano
www.edizpiemme.it

Anno 2015-2016-2017 - Edizione 1 2 3 4 5 6 7 8 9 10

Stampato presso ELCOGRAF S.p.A. - Stabilimento di Cles (TN)

*Per Tom e Sarah.*
*Quella sì che era una storia d'amore.*

*Nel mentre noi gridiamo «Pecore nere!*
*Pecore nere!»*
*dalla sicurezza dell'ovile;*
*e forse loro sentono, e si chiedono perché,*
*e fuori al freddo si stupiscono.*

RICHARD BURTON, Pecore nere

# 1

## Soccorso animali

Bob trovò il cane due giorni dopo Natale, mentre il quartiere languiva silenzioso nel gelo, la pancia gonfia di alcol e gas. Aveva appena finito il suo turno serale al Cousin Marv's, nei Flats, dove serviva da bere dalle quattro del pomeriggio alle due del mattino da ormai quasi due decenni. Quella sera, l'atmosfera al bar era tranquilla. Millie occupava il suo solito sgabello in un angolo, sorseggiando un Tom Collins e sussurrando episodicamente fra sé o fingendo di guardare la televisione: qualsiasi cosa pur di non rientrare alla casa di riposo sulla Edison Green. Lo stesso Cousin Marv si fece vedere, ufficialmente per giustificare gli scontrini, ma più che altro per starsene lì a leggere il prospetto delle corse e inviare messaggi a sua sorella Dottie.

Probabilmente avrebbero chiuso prima se gli amici di Richie Whelan non avessero occupato l'angolo del banco opposto a quello di Millie, passando la serata a brindare al loro compare, scomparso da tempo e presunto morto.

Esattamente dieci anni prima, Richie Whelan era uscito dal Cousin Marv's per procurarsi dell'erba, o forse del Quaalude (era ancora oggetto di dibattito fra i suoi amici), e nessuno l'aveva più visto. Si era lasciato dietro la sua ragazza, una figlia che non vedeva mai e che viveva con la madre nel New Hampshire, e la macchina, rimasta dal carrozziere in attesa di un nuovo spoiler. Era questo il motivo per cui sapevano tutti che era morto: Richie non avrebbe mai rinunciato alla macchina. Lo adorava, quel catorcio.

Erano in pochissimi a chiamare Richie Whelan con il suo nome di battesimo. Lo conoscevano tutti come Glory Days, per il fatto che non smetteva mai di parlare dell'unico anno in cui aveva giocato come quarterback nella squadra del liceo di East Buckingham. Quella stagione aveva condotto i suoi a un record di vittorie di 7-6, dato di per se stesso poco significativo finché non si consideravano i risultati precedenti e successivi.

E così quella sera al Cousin Marv's Bar gli amici dello scomparso e presunto morto Glory Days, Sully, Donnie, Paul, Stevie, Sean e Jimmy, guardavano gli Heat che facevano ballare i Celtics. Bob stava servendo il quinto giro, offerto dalla casa senza che loro lo ordinassero, quando un'azione della partita scatenò una levata di braccia al cielo e un coro di grida e lamenti.

«Siete troppo *vecchi*, cazzo!» sbraitò Sean rivolto allo schermo.

«Non sono così vecchi» disse Paul.

«Rondo ha appena bloccato LeBron col suo cazzo di girello» ribatté Sean. «E comesichiama, Bogans, è sponsorizzato dai pannoloni Depend.»

Bob posò i drink davanti a Jimmy, l'autista dell'autobus scolastico.

«Tu che ne pensi?» gli chiese Jimmy.

Bob si sentì arrossire, come gli accadeva spesso quando qualcuno lo guardava in faccia in un modo che lo faceva sentire in dovere di ricambiare l'occhiata. «Non seguo il basket.»

«Mi sa che tu non segui un bel niente, Bob» commentò Sully, che faceva il casellante sull'interstatale. «Ti piace leggere? Guardi *The Bachelorette*? Dai la caccia ai senzatetto?»

I ragazzi ridacchiarono e Bob fece un sorriso dispiaciuto.

«Questo giro lo offre la casa» disse.

Si allontanò, isolandosi dalle chiacchiere che lo inseguivano.

«Ho visto ragazze, tipette niente male, cercare di attaccare bottone con lui e restare con un pugno di mosche.»

«Magari va con gli uomini» suggerì Sully.

«Quello non va con nessuno.»

Sean si ricordò delle buone maniere e levò il bicchiere in un brindisi a Bob e Cousin Marv. «Grazie, ragazzi.»

Marv, che si era spostato dietro al banco e aveva aperto il giornale davanti a sé, sorrise, alzò il bicchiere e tornò a leggere.

Gli altri afferrarono i drink e si prepararono al brindisi.

«Qualcuno vuole dire qualcosa in onore del ragazzo?» chiese Sean.

«A Richie "Glory Days" Whelan, maturità del '92 a East Bucky e strano cazzone. Che riposi in pace.»

I compagni mormorarono il loro assenso e bevvero,

e Marv si avvicinò a Bob, intento a posare i bicchieri sporchi nel lavello. Ripiegò il giornale e guardò il gruppo di avventori in fondo al banco.

«Hai offerto un giro?» chiese a Bob.

«Stanno brindando a un amico morto.»

«Da quant'è che è morto quel ragazzo, dieci anni?» Con una scrollata di spalle si infilò il giaccone di pelle che indossava sempre, un modello che era di moda quando i due aerei avevano colpito le Torri Gemelle di New York e che quando le torri erano crollate non lo era già più. «Dev'esserci un momento in cui uno supera la cosa e la pianta di scroccare da bere.»

Bob sciacquò un bicchiere, lo mise nella lavapiatti e non disse nulla.

Cousin Marv si infilò i guanti e annodò la sciarpa, poi si voltò verso l'altra estremità del banco, dove sedeva Millie. «A proposito, non possiamo lasciare che ci occupi uno sgabello per l'intera serata senza pagare.»

Bob sistemò un altro bicchiere sulla rastrelliera sopra di sé. «Non beve molto.»

Marv gli si fece sotto. «Ma quand'è stata l'ultima volta che l'hai fatta pagare? E dopo mezzanotte le permetti di fumare: non credere che non lo sappia. Questo è un bar, non una mensa per i poveri. Se stasera non salda, non entra più finché non lo farà.»

Bob lo guardò e rispose a bassa voce: «Ma avrà un centinaio di dollari di conto».

«Centoquaranta, per la precisione.» Marv uscì da dietro il banco e si fermò alla porta. Indicò le decorazioni festive alle finestre e sopra il bar. «E tira giù la roba natalizia, Bob. Oggi è il 27.»

«E l'Epifania?» chiese Bob.

Marv lo fissò per un istante. «Non so neanche come risponderti» disse, e uscì dal locale.

Quando la partita dei Celtics era ormai arrivata penosamente alla fine, come un parente aiutato a morire e a cui nessuno era legato più di tanto, gli amici di Richie Whelan se ne andarono, lasciando solo Bob con la vecchia Millie.

Mentre Bob scopava il pavimento, Millie venne travolta da uno smisurato accesso di tosse catarrosa. Non la smetteva più di tossire, ma arrivata al punto in cui sembrava stesse per soffocare si fermò.

Bob le si avvicinò con la scopa. «Tutto bene?»

Millie lo tranquillizzò con un gesto della mano. «Benissimo. Versamene un altro.»

Bob si portò dietro il banco. Non riuscendo a guardarla negli occhi, prese a fissare il rivestimento di gomma nera sul pavimento. «Mi dispiace, devo fartelo pagare. E Mill...» In quel momento era così imbarazzato di appartenere al genere umano che si sarebbe sparato un proiettile in testa. «...dovresti saldare il conto.»

«Oh.»

Non la guardò subito. «Già.»

Millie cominciò a rovistare nella borsa da palestra con cui usciva tutte le sere. «Ma certo, ma certo. Avete un locale da mandare avanti, lo capisco.»

La borsa era vecchia, il marchio sul fianco scolorito. Millie vi frugò dentro, ne pescò un dollaro e sessantadue centesimi e li mise sul banco. Tornò a immergervi la mano e ne riemerse con una cornice antica priva di fotografia. Posò anche questa davanti a sé.

«È d'argento, viene dal gioielliere di Water Street» spiegò. «Robert Kennedy ci comprò un orologio per Ethel. Vale un sacco di soldi.»

«Non ci tieni una foto?» chiese Bob.

Millie spostò lo sguardo sull'orologio sopra il bar. «Si era sbiadita.»

«Un tuo ritratto?»

Annuì. «Coi ragazzi.»

Tornò a sbirciare nella borsa, vi frugò un altro po'. Bob le mise davanti un posacenere, e lei lo guardò. Lui avrebbe voluto carezzarle la mano, un gesto di conforto, come a dire "non sei del tutto sola", ma era meglio lasciare gesti simili ad altri, magari agli attori del cinema. Ogni volta che lui provava a fare qualcosa del genere, qualcosa di personale, gli riusciva male.

E così le volse le spalle e le preparò un altro drink.

Glielo servì, prese il dollaro dal banco e tornò a girarsi verso la cassa.

Millie disse: «No, prendi la...».

Lui la guardò da sopra la spalla. «È sufficiente.»

Bob acquistava i suoi indumenti da Target ogni due anni, magliette, jeans e felpe; guidava una Chevy Impala dal 1983, quando suo padre gliene aveva date le chiavi, e faceva così poca strada che il contachilometri non era ancora arrivato a 100.000; abitava in una casa di proprietà, e le tasse sull'immobile erano ridicole, perché chi cazzo avrebbe voluto vivere lì? E così, se c'era una cosa che Bob possedeva e che pochi avrebbero mai immaginato che potesse avere era un reddito disponibile. Posò il dollaro nel cassetto, poi infilò la mano in tasca, ne tirò fuori un rotolo di banconote e lo nascose con il corpo, pescando sette biglietti da venti e aggiungendoli in cassa.

Quando tornò a guardarla, Millie si era ripresa le monete e la cornice e le aveva rimesse in borsa.

Mentre lei beveva Bob finì di pulire, e quando uscì da dietro il banco e la raggiunse Millie stava facendo tintinnare i cubetti di ghiaccio nel bicchiere.

«Hai presente l'Epifania?» le chiese.

«Certo» rispose lei. «Il 6 gennaio.»

«Nessuno se ne ricorda più.»

«Ai miei tempi significava qualcosa» disse.

«Anche ai tempi di mio padre.»

La sua voce assunse un tono di distratta pietà. «Ma non ai tuoi.»

«Non ai miei» convenne Bob, e in quel momento avvertì qualcosa nel petto, come il battito d'ali di un uccellino in trappola, indifeso e alla ricerca di una via di fuga.

Millie aspirò una gran boccata dalla sigaretta e soffiò fuori il fumo soddisfatta. Diede qualche altro colpo di tosse e spense la cicca. Si infilò un logoro soprabito invernale e si diresse a lenti passi verso l'uscita. Bob aprì la porta su un lieve nevischio.

«'Notte, Bob.»

«Fa' attenzione, là fuori» disse. «Occhio al ghiaccio.»

Quell'anno il 28 era il giorno della raccolta dei rifiuti nella sua sezione dei Flats, e i residenti avevano trasportato i bidoni sui marciapiedi per il passaggio mattutino. Percorrendoli diretto verso casa, Bob osservava con un miscuglio di divertimento e disperazione le cose che la gente gettava. Quanti giocattoli sommariamente rotti. Quanti scarti che funzionavano ancora benissimo ma che erano stati destinati alla sostituzione. Tostapane, televisori, forni a microonde, impianti stereo, vestiti, modellini di auto, aerei e *monster trucks* radiocomandati che avrebbero soltanto avuto bisogno di una goccia di colla qui, di un pezzetto di nastro adesivo lì. E sì che i suoi vicini non potevano certo dirsi benestanti. Bob non riusciva nemmeno a calcolare il numero di litigi per motivi di soldi che l'avevano tenuto sveglio di notte, aveva perso il conto di tutte le facce preoccupate che prendevano la metropolitana la mattina, di tutti i pugni sudati che stringevano le pagine delle inserzioni di lavoro. Faceva la coda con loro al Cottage Market mentre sfogliavano i loro libretti di buoni alimentari, o in banca mentre incassavano gli assegni dell'assistenza sociale. Alcuni facevano due lavori, altri potevano permettersi un tetto sopra la testa soltanto grazie alle sovvenzioni statali, altri riflettevano sui dolori delle loro esistenze al Cousin Marv's, gli sguardi assenti, le dita strette sui manici dei boccali.

Eppure compravano. Erigevano impalcature di debiti, e proprio quando sembrava che l'intera baracca stesse per crollare per il troppo peso prenotavano un nuovo salottino con pagamento dilazionato e lo aggiungevano alla pila. E di pari passo con il bisogno di acquistare, se non più forte ancora, sembrava esserci quello di gettare. Nelle cataste di rifiuti Bob vedeva le tracce di una dipendenza quasi violenta e gli sembrava di assistere a un'espulsione di cibo da corpi che non avrebbero dovuto ingerirne.

Escluso perfino da questo rituale dal suo stigma di

solitudine, dalla sua incapacità di coinvolgere chiunque sembrasse mostrare interesse per lui oltre i classici cinque minuti di conversazione sull'argomento del giorno, camminando Bob cedeva a volte al peccato di orgoglio, l'orgoglio di non essere un consumatore avventato, di non sentire il bisogno di comprare ciò che gli chiedevano di comprare alla televisione, alla radio, sui manifesti, sulle riviste e sui giornali. Questo non l'avrebbe certo aiutato a soddisfare i suoi desideri, visto che tutto ciò che desiderava era di non essere solo, ma sapeva che da quello nulla avrebbe potuto salvarlo.

Abitava da solo nella villetta in cui era cresciuto, e quando gli odori, i ricordi e i divani scuri di casa parevano in procinto di inghiottirlo i suoi tentativi di fuga (tramite le serate parrocchiali, i picnic sociali e un'orribile festa organizzata da un'agenzia di appuntamenti) non facevano che aprire ulteriormente la ferita, costringendolo a medicarla per settimane maledicendosi per averci sperato. Stupida speranza, sussurrava a volte al suo salotto. Stupida, stupida speranza.

Eppure, malgrado tutto, la speranza sopravviveva in lui. In silenzio, spesso addirittura in modo disperato. Disperata speranza, si diceva certe volte riuscendo a sorridere, tanto che la gente in metropolitana doveva chiedersi cosa diavolo avesse Bob da stare tanto allegro. Lo strano Bob, barista solitario. Un tipo gentile, sempre disposto ad aiutarti a spalare la neve dal sentiero o a offrirti un giro di drink, un bravo ragazzo, ma così timido che metà delle volte non sentivi cosa diceva e così ci rinunciavi, gli rivolgevi un educato cenno di saluto con la testa e ti dedicavi a qualcun altro.

Bob sapeva che cosa dicevano di lui, e non poteva biasimarli. Era in grado di prendere le distanze da sé a sufficienza da vedere ciò che vedevano gli altri: un perdente che non era mai stato nessuno, a disagio in compagnia, preda di tic nervosi sparsi come battere le ciglia senza motivo o inclinare la testa a curiose angolazioni quando sognava a occhi aperti, il tipo di sfigato che faceva fare bella figura agli altri sfigati.

«Ha così tanto amore nel suo cuore» gli aveva detto padre Regan la volta che Bob era scoppiato a piangere nel confessionale. Poi l'aveva condotto in sagrestia e avevano bevuto un paio di bicchieri del *single malt* che il prete teneva nascosto in un armadietto sopra gli abiti talari. «È la verità, Bob. Lo vedono tutti. E non posso fare a meno di pensare che un giorno una brava donna, una donna di fede, vedrà quell'amore e arriverà di corsa.»

Come spiegare il mondo dell'uomo a un uomo di Dio? Bob sapeva che le intenzioni del prete erano buone, sapeva che in teoria aveva ragione. Ma l'esperienza gli aveva mostrato che le donne l'amore che lui aveva nel cuore lo vedevano, ma che preferivano un cuore con un involucro esterno un po' più attraente. E non erano soltanto le donne, era *lui stesso*. Bob non si fidava di se stesso quando c'erano da maneggiare cose fragili. Erano anni che non si fidava più.

Si fermò un istante sul marciapiede, sentendo il cielo nero inchiostro sopra di sé e il freddo nelle dita, e chiuse gli occhi per non vedere la notte.

Ci era abituato. Ci era abituato.

Non era un problema.

Se non cercavi di combatterla, potevi fartela amica.

Aveva ancora gli occhi chiusi quando lo udì: un lamento spossato, accompagnato da un raschio lontano e da un suono metallico più penetrante. Riaprì gli occhi. Vide un grosso bidone di metallo chiuso con un pesante coperchio. A meno di cinque metri di distanza, sul marciapiede destro. Vacillava leggermente alla luce gialla del lampione, e il fondo grattava il cemento. Bob vi si sporse sopra e udì di nuovo quel lamento, il verso di una creatura che era a un respiro di distanza dalla decisione di non poterne fare un altro, e sollevò il coperchio.

Dovette rimuovere altre cose per arrivarci: un microonde privo di sportello e cinque volumi arretrati delle Pagine Gialle, il più vecchio dei quali risaliva al 2005, accatastati su un mucchio di lenzuola sporche e cuscini ammuffiti. Il cane, una razza molto piccola oppure un cucciolo, era sul fondo, e quando venne colpito dalla luce incassò la testa fra le spalle. Emise un guaito che non era più di un debole sbuffo e contrasse ancora di più il corpicino, socchiudendo gli occhi. Era pelle e ossa; si vedevano chiaramente le costole, nonché una grossa incrostazione di sangue rappreso accanto all'orecchio. Non aveva collare. Era color bruno, con un muso bianco e zampe che sembravano troppo grosse per il resto del corpo.

Liberò un gemito più sonoro quando Bob allungò il braccio, gli affondò le dita nella collottola e lo sollevò dai suoi stessi escrementi. Non era esperto in materia di cani, ma quello doveva essere un boxer. E gli occhioni castani che si schiusero e lo guardarono erano decisamente quelli di un cucciolo.

Da qualche parte, ne era certo, due persone stavano

facendo l'amore. Un uomo e una donna. Avvinghiati. Dietro una di quelle tende tinte di arancione dalle luci e affacciate sulla strada. Bob li avvertiva là dentro, nudi e fortunati. E lui lì fuori al freddo, con un cane in fin di vita che lo fissava. Il marciapiede ghiacciato brillava come marmo nuovo, e il vento era scuro e grigio come fanghiglia.

«Cosa sta facendo?»

Si voltò, percorrendo il marciapiede con lo sguardo. «Sono quassù. E lei è nella mia spazzatura.»

La donna era sul portico anteriore della villetta a tre piani più vicina. Aveva acceso la luce esterna e se ne stava lì a piedi nudi, scossa dai brividi. Infilò la mano nella tasca della felpa con cappuccio e ne estrasse un pacchetto di sigarette. Se ne accese una, guardandolo.

«Ho trovato un cane» disse Bob mostrandoglielo.

«Un *cosa*?»

«Un cane. Un cucciolo. Penso sia un boxer.»

Lei tossì fuori una nuvoletta di fumo. «Ma chi ficcherebbe un cane in un bidone?»

«Lo so» disse Bob. «Ed è ferito.» Fece un passo verso i gradini, e lei indietreggiò.

«Chi conosce che potrei conoscere?» Una ragazza di città, per niente disposta ad abbassare la guardia con un estraneo.

«Non saprei» mormorò Bob. «Forse Francie Hedges?»

Lei scosse la testa. «Conosce i Sullivan?»

Una domanda poco utile. Specialmente da quelle parti, dove se scuotevi un albero ne cadeva un Sullivan. Il più delle volte seguito da sei lattine di birra. «Ne conosco un sacco.»

Non stavano facendo alcun progresso, e il cucciolo lo guardava tremando ancora più della ragazza.

«Ehi,» disse lei «abita in questo distretto parrocchiale?»

«Nel prossimo.» Bob inclinò il capo a sinistra. «Saint Dom.»

«E va in chiesa?»

«Quasi tutte le domeniche.»

«Dunque conosce padre Pete?»

«Pete Regan, certo» disse Bob.

Lei si sfilò di tasca un cellulare. «Come si chiama?»

«Bob. Bob Saginowski.»

Sollevò l'apparecchio e gli scattò una foto. Bob ne fu sorpreso; l'avesse saputo, si sarebbe quanto meno passato una mano fra i capelli.

Attese che lei arretrasse dalla luce, il telefono a un orecchio e un dito premuto sull'altro. Guardò il cucciolo e questi ricambiò l'occhiata, come a dire: com'è che sono finito *qui*? Bob gli toccò il naso con l'indice, e il cucciolo batté gli occhioni. Per un istante, Bob non riuscì a ricordare i propri peccati.

«La foto è partita» disse la ragazza dal buio. «Indirizzata a padre Pete e ad altre sei persone.»

Bob guardò il buio senza rispondere.

«Nadia» disse lei tornando alla luce. «Portalo qui, Bob.»


Gli fecero il bagno nel lavandino di Nadia, lo asciugarono e lo trasportarono sul tavolo della cucina.

Nadia era minuta. Il cordone irregolare di una cicatrice le percorreva la base della gola. Era rosso scuro, come il sorriso di un pagliaccio ubriaco. Aveva un viso minuscolo e tondo, butterato, e piccoli occhi a cuoricino. Spalle che più che formare un angolo con le braccia vi si dissolvevano. Gomiti come lattine di birra schiacciate. Un caschetto biondo curvato in avanti sui due lati del volto. «Non è un boxer.» Scoccò una rapida occhiata a Bob prima di scaricare il cucciolo sul tavolo. «È un American Staffordshire Terrier.»

Bob sapeva che avrebbe dovuto riconoscere qualcosa nel suo tono, ma non sapeva che cosa, e così restò zitto.

Quando il silenzio si protrasse troppo a lungo, lei rialzò gli occhi su di lui. «Un pitbull.»

«Questo sarebbe un pitbull?»

La donna annuì e passò di nuovo la garza sulla ferita del cucciolo. Qualcuno l'aveva bastonato, spiegò. Probabilmente fino a fargli perdere i sensi. Poi, dandolo per morto, l'aveva scaricato nei rifiuti.

«Ma perché?» chiese Bob.

Lei lo guardò di nuovo, sgranando ancora di più gli occhi tondi. «Perché sì.» Si strinse nelle spalle e riprese a esaminare il cane. «Una volta lavoravo al Soccorso Animali. Hai presente, sulla Shawmut? Come assistente veterinaria. Prima di decidere che non faceva per me. Questa è una razza difficile...»

«In che senso?»

«Da dare in adozione» spiegò. «È dura trovargli casa.»

«Non so niente di cani. Non ne ho mai avuti. Vivo da solo. Passavo accanto al bidone...» Bob si ritrovò preda di un disperato bisogno di giustificarsi, di giustificare la sua vita. «Ma non sono...» Poteva udire il vento fuori, nero e rumoroso. Le finestre erano picchiettate dalla pioggia o da una grandine sottile. Nadia sollevò la zampa posteriore sinistra del cucciolo. Le altre tre erano brune, ma quella era bianca, con chiazze color pesca. La lasciò cadere come se fosse contagiosa. Tornò a controllare la ferita alla testa, guardò meglio l'orecchio destro, e Bob si accorse solo in quel momento che gliene mancava la punta.

«Be',» disse lei «se la caverà. Avrai bisogno di un cesto, di cibo e tutto il resto.»

«No,» disse Bob «non hai capito.»

Lei inclinò il capo, fissandolo come a dire che aveva capito benissimo.

«Non posso. L'ho solo trovato. Volevo restituirlo.»

«A chi l'ha picchiato e l'ha abbandonato in fin di vita?»

«No, no, non so, alle autorità.»

«Intendi al Soccorso Animali» disse. «Passati i sette giorni concessi al proprietario per riprenderlo, lo...»

«Quello che l'ha picchiato? Gli danno un'altra possibilità?»

Nadia gli scoccò una mezza occhiataccia e annuì. «E se non se lo riprende,» spiegò sollevando l'orecchio del cucciolo e scrutandovi dentro «cercheranno di farlo adottare. Ma è difficile. Trovare casa ai pitbull. Il più delle volte...» soggiunse guardando Bob «il più delle volte vengono abbattuti.»

Bob sentì fuoriuscire da lei un'ondata di tristezza che lo fece immediatamente vergognare. Non sapeva come, ma aveva causato sofferenza. L'aveva messa al mondo. Aveva deluso quella ragazza. «Io...» cominciò. «È solo che...»

Lei alzò gli occhi dal cucciolo. «Dicevi?»

Bob osservò la bestiola. Aveva lo sguardo triste, colpa di una giornata passata in un bidone e di chi gli aveva causato quella ferita. Ma non tremava più.

«Tienilo tu» disse. «Hai detto che lavoravi al Centro, che...»

Lei fece segno di no con la testa. «Faccio già fatica a badare a me stessa.» Un altro cenno di diniego. «E poi lavoro troppo. Orari assurdi, imprevedibili.»

«Puoi darmi tempo fino a domenica mattina?» Bob non sapeva bene come avessero fatto quelle parole a uscirgli di bocca, visto che non ricordava di averle formulate o anche soltanto pensate.

La ragazza lo squadrò con attenzione. «Non lo dici tanto per dire? Perché non sto scherzando, se qualcuno non se lo prende entro domenica a mezzogiorno si ritrova in strada.»

«Domenica, allora.» Bob lo disse con una convinzione che provava davvero. «Domenica, sicuro.»

«Sì?»

«Sì.» Si sentiva fuori controllo. Si sentiva leggero come un'ostia della comunione. «Sì.»

# 2

# Infinito

La messa quotidiana delle sette del mattino a Saint Dominic aveva smesso di attirare le masse fin da prima
che Bob venisse al mondo. Ma ora i numeri, da sempre
scoraggianti, diminuivano di mese in mese.

Il mattino dopo aver trovato il cane, seduto in decima
fila, Bob poteva udire il fruscio dell'orlo dell'abito ta-
lare di padre Regan sul pavimento di marmo dell'altare.
Gli unici presenti quel mattino (in verità una pessima
giornata, ghiaccio sulle strade, un vento così freddo che
quasi lo vedevi) erano Bob, la vedova Malone, Theresa
Coe (l'ex preside della scuola di Saint Dom ai tempi
in cui esisteva una scuola di Saint Dom), il vecchio
Williams e il poliziotto portoricano, che Bob era abbastanza sicuro si chiamasse Torres.

Torres non aveva l'aria dello sbirro. I suoi occhi
erano gentili, a volte perfino scherzosi, e così poteva
essere sorprendente scorgere la fondina alla cintura
quando tornava alla sua panca dopo la comunione. Da
parte sua, Bob non faceva mai la comunione, fatto che
a padre Regan non sfuggiva; il buon prete aveva cer-

cato diverse volte di convincerlo che in caso di peccato mortale il danno fatto non prendendo l'Eucarestia era a suo modesto parere molto peggiore di quello causato prendendola. Bob, tuttavia, era stato cresciuto secondo i precetti di un cattolicesimo vecchia scuola, ai tempi in cui si faceva un gran parlare del Limbo e ancora più del Purgatorio, ai tempi in cui le suore regnavano con i loro righelli punitivi. Per questo, se a livello teologico Bob tendeva a sinistra nella maggior parte delle questioni dottrinali, restava comunque un tradizionalista.

Saint Dom era una vecchia chiesa, risalente alla fine dell'Ottocento. Un magnifico edificio: mogano scuro e marmo bianco sporco, torreggianti finestre istoriate dedicate a vari santi dagli sguardi tristi. Aveva l'aspetto che avrebbe dovuto possedere ogni chiesa. Di quelle più moderne, Bob non sapeva che farsene. Le panche erano troppo chiare, i lucernari troppo numerosi. Gli davano la sensazione di esservisi recato per gioire della sua esistenza, non per ruminare sui propri peccati.

Ma in una vecchia chiesa, una chiesa di mogano e marmo e pannelli scuri, una chiesa di quieta maestosità e implacabile storia, poteva riflettere a dovere sia sulle sue speranze che sulle sue trasgressioni.

Mentre gli altri parrocchiani si mettevano in fila per ricevere l'ostia, Bob rimase in ginocchio al suo posto. Attorno a lui non c'era anima viva. Era un'isola.

Torres lo sbirro era arrivato in prima fila, un bell'uomo sulla quarantina che cominciava appena a rammollirsi. Ricevette l'ostia sulla lingua, non nel palmo della mano. Dunque era un tradizionalista anche lui.

Si voltò facendosi il segno della croce, e prima di raggiungere la sua panca incrociò lo sguardo di Bob.

«Alziamoci.»

Bob si segnò e si rimise in piedi. Sollevò l'inginocchiatoio con il piede.

Padre Regan levò la mano sopra la congregazione e chiuse gli occhi. «Che il Signore vi benedica e vi protegga per tutti i vostri giorni. Che faccia risplendere il Suo volto su di voi e sia misericordioso con voi. Che levi il Suo sguardo su di voi e vi dia la pace. La messa è finita. Andate in pace per amare e servire il Signore. Amen.»

Bob uscì dalla sua panca e percorse la navata centrale. Giunto al fonte battesimale davanti all'ingresso, vi immerse la punta delle dita e si segnò. Torres fece lo stesso a quello accanto. Poi gli rivolse un cenno del capo, un saluto fra due estranei con una certa familiarità. Bob ricambiò, e i due uscirono al freddo da due porte diverse.

Bob si recò al Cousin Marv's intorno a mezzogiorno perché gli piaceva quella fase di calma. Gli dava il tempo di riflettere sulla questione del cucciolo.

La maggior parte delle persone chiamava Marv "Cousin Marv" per abitudine, una tradizione che risaliva alle elementari anche se nessuno ricordava perché, ma nel caso di Bob Marv era davvero suo cugino. Da parte di madre.

Alla fine degli anni Ottanta e all'inizio dei Novanta Cousin Marv aveva avuto una sua banda. Era formata soprattutto da gente con interessi nel settore dei prestiti e del pagamento debiti, anche se da parte sua Marv non disprezzava alcuna occasione di guadagno, mosso dalla

profonda convinzione che coloro che non diversifica-
vano erano sempre i primi a crollare quando cambiava il
vento. Come i dinosauri, spiegava a Bob, quando erano
arrivati i cavernicoli e avevano inventato le frecce. Di-
pingiti i cavernicoli che tirano le loro frecce, gli diceva,
e i tirannosauri impantanati nelle pozze di catrame. Una
tragedia facilmente evitabile.

La banda di Marv non era né la più spietata, né la
più brillante, né la più affermata del quartiere, nemmeno
alla lontana, ma per un po' era sopravvissuta. Tuttavia
le bande rivali incalzavano, e con una sola, vistosa eccezione Marv e i suoi non erano mai stati propensi alla
violenza. Presto avevano dovuto scegliere se arrendersi
a gente molto più cattiva di loro o risolvere la questione
con la forza. Avevano scelto la Busta Numero Uno.

Adesso Marv era un ricettatore, uno dei migliori in
città, ma nel loro mondo un ricettatore era come un im-
piegato dell'ufficio corrispondenza nel mondo normale:
se lo eri ancora dopo i trent'anni, non avresti fatto altro
per il resto dei tuoi giorni. Marv prendeva anche qualche
scommessa, ma solo per il padre di Chovka e gli altri
ceceni che erano i veri proprietari del bar. Non era esattamente di dominio pubblico, ma non era nemmeno un
segreto: erano anni che il Cousin Marv's non apparteneva più del tutto a Cousin Marv.

Per Bob era un sollievo: gli piaceva fare il barista e
odiava il ricordo di quella volta in cui avevano dovuto
usare la mano pesante. Marv, tuttavia, Marv era ancora
in attesa del treno costellato di diamanti sul binario a
diciotto carati, il treno che l'avrebbe portato via da tutto
questo. Il più delle volte fingeva di essere felice. Ma Bob

sapeva che a tormentarlo erano gli stessi pensieri che affliggevano anche lui, le schifezze che facevi per avere successo. Erano cose che ridevano di te se le tue ambizioni ammontavano a poco: un uomo di successo poteva nascondere il suo passato, ma un fallito trascorreva il resto della vita a cercare di non affogare nel proprio.

Quel pomeriggio Marv pareva un po' sul malinconico, e così Bob provò a rallegrarlo raccontandogli la sua avventura con il cane. Marv non sembrava troppo interessato, ma Bob non desistette, spargendo l'antigelo nel vicolo mentre Marv fumava davanti all'uscita posteriore.

«Fa' attenzione a spargerlo dappertutto» disse questi. «Ci manca solo che uno di quei capoverdiani scivoli mentre porta la spazzatura nel cassonetto.»

«Quali capoverdiani?»

«Quelli del parrucchiere.»

«Il manicure? Sono vietnamiti.»

«Be', non voglio che scivolino.»

«Conosci una certa Nadia Dunn?» chiese Bob.

Marv scosse il capo.

«È lei che sta tenendo il cane.»

«Ancora con 'sto cane» disse Marv.

«Addestrare un cane, hai presente? Educarlo alla vita casalinga? È una bella responsabilità» osservò Bob.

Cousin Marv lanciò la sua sigaretta nel vicolo. «Non è un parente ritardato che non vedevi da un secolo e che un bel giorno ti bussa alla porta in carrozzella e con il sacchetto della colostomia. È un cane.»

«Sì, ma...» Bob non riuscì a trovare le parole per esprimere ciò che aveva provato fin da quando aveva tirato fuori il cucciolo dal bidone e l'aveva guardato negli occhi, il fatto che per la prima volta da che ne aveva memoria gli sembrava di recitare un ruolo principale nel film della sua vita, non solo di essere seduto a guardarlo nell'ultima fila di un cinema pieno di gente rumorosa.

Cousin Marv gli diede una pacca sulla spalla, si sporse verso di lui, puzzolente di fumo, e ripeté tra sé e sé: «È. Un. Cane». Poi rientrò nel bar.

Intorno alle tre Anwar, uno degli uomini di Chovka, entrò dal retro per ritirare l'incasso delle scommesse della sera prima. Erano tutti in ritardo sui loro giri perché la sera prima il dipartimento di Boston aveva effettuato una retata intimidatoria al circolo ricreativo dei ceceni, chiudendo in gabbia per la notte metà dei galoppini e dei corrieri. Anwar prese la sacca che Marv gli stava porgendo e si stappò una Stella. La scolò in un'unica, lenta sorsata, senza staccare gli occhi da Marv e Bob. Quando ebbe finito ruttò, ripose la bottiglia sul banco e se ne andò senza dire una parola con la sacca di soldi sottobraccio.

«Nessun rispetto.» Marv gettò la bottiglia nella spazzatura e pulì il cerchio che aveva lasciato sul banco. «L'hai notato?»

Bob scrollò le spalle. Certo che l'aveva notato, ma cosa ci si poteva fare?

«Insomma, 'sto cucciolo» disse per alleviare l'atmosfera. «Ha zampe grosse come la testa. Tre sono marroni, ma una è bianca con piccole chiazze color pesca. E...»

«Sa cucinare?» chiese Marv. «Pulire casa? Insomma, cazzo, è un cane.»

«Sì, ma è stato...» Bob lasciò crollare le braccia. Non

sapeva spiegarlo. «Hai presente la sensazione che provi quando stai passando una gran giornata? Come... come quando i Pats stanno dominando e tu hai scommesso su di loro, o quando da Blarney ti preparano una bistecca perfetta, o quando... quando ti senti proprio *bene*? Come...» Si ritrovò di nuovo ad agitare le mani. «...insomma, bene?»

Marv gli rivolse un cenno del capo e un sorriso tirato. Poi tornò a consultare il prospetto delle corse.

Bob cominciò a dedicarsi un po' al banco e un po' alle decorazioni natalizie, ma dopo le cinque il locale prese a riempirsi e presto dovette concentrarsi sui drink. Rardy, il secondo barista, avrebbe dovuto essere già lì, ma era in ritardo.

Bob fece due viaggi per servire un giro a una dozzina di avventori nella zona delle freccette, una squadra di posatori di cavi in fibra ottica negli alberghi che stavano sorgendo nella zona del porto. Rientrato dietro il banco trovò Marv addossato alla ghiacciaia delle birre e immerso nella lettura dell'«Herald». Ma a essere incolpato per la lentezza del servizio era sempre e solo lui: un cliente chiese se le sue Bud stessero per caso arrivando a cavallo, con un tiro di fottuti Clydesdale.

Bob scostò Marv, immerse la mano nella ghiacciaia e accennò al fatto che Rardy era in ritardo. Di nuovo. Personalmente non era mai stato in ritardo in tutta la sua vita, e sospettava che coloro che lo erano di continuo nutrissero qualche ostilità nel profondo.

«No, è qui» rispose Marv, e fece un cenno con la testa. Bob scorse il ragazzo: Rardy aveva trent'anni o giù di lì, ma ogni volta che entrava in un locale notturno il buttafuori gli chiedeva ancora i documenti. Chiacchierava con la clientela facendosi strada verso il banco, vestito con felpa stinta, jeans malconci e cappello a tesa stretta sul cocuzzolo come se stesse per partecipare a una serata a microfono aperto per poeti o comici dilettanti. Ma Bob lo conosceva ormai da cinque anni, e sapeva che il ragazzo non possedeva nemmeno un grammo di sensibilità e non era in grado di fare una battuta in croce.

«*Yo*» fece questi quando giunse dietro il banco. Si tolse il giubbotto con la massima calma. «È arrivata la cavalleria.» Diede una pacca sulla schiena a Bob. «Buon per te, giusto?»

Fuori al freddo, due fratelli passarono in auto davanti al bar per la terza volta da quella mattina, svoltando nel vicolo, reimmettendosi sulla Main e allontanandosi alla ricerca di un parcheggio in cui fermarsi a fare un paio di pippate.

Si chiamavano Ed e Brian Fitzgerald. Ed era il più anziano e il più corpulento dei due, ed era noto a tutti come Fitz. Brian era più sottile di un abbassalingua, e tutti lo chiamavano Bri. Tranne quando i due venivano considerati in coppia: in quei casi alcuni li avevano soprannominati "10", perché era più o meno l'impressione che facevano quando erano fianco a fianco.

Fitz aveva i passamontagna sul sedile posteriore e i fucili a pallettoni nel baule. La coca la teneva nella plancia fra i due sedili anteriori. Bri ne aveva bisogno. Senza tirare, non si sarebbe mai avvicinato a un fottuto fucile.

Trovarono un punto isolato sotto la superstrada. Da lì si vedeva il Penitentiary Park, ricoperto di croste di ghiaccio e fazzoletti di neve. Da dov'erano seduti potevano addirittura scorgere il punto in cui un tempo sorgeva lo schermo del drive-in. Pochi anni prima che venisse abbattuto vi era stato trovato il corpo di una ragazza uccisa a botte; era probabilmente l'omicidio più celebre del quartiere, a tutt'oggi irrisolto. Fitz lo ricordò al fratello mentre stendeva le linee su un quadrato di specchio che aveva staccato dal retrovisore laterale di un catorcio.

«Irrisolto» disse facendo il primo tiro; poi passò lo specchietto e il cinque arrotolato al fratello. «Quanti sbirri hanno lavorato a quel caso? E invece niente. A dimostrazione.»

«A dimostrazione di che cazzo?» Bri tirò la sua linea e poi, senza neanche chiederlo, si sparò anche quella accanto.

«A dimostrazione che molti crimini non vengono risolti, se quelli che li hanno commessi hanno un po' di cervello.»

«Non lo so» disse Bri, cosa che in quegli ultimi giorni stava ripetendo così spesso che di questo passo Fitz avrebbe finito per strangolarlo. «Non lo so.»

Fitz riprese il cinque arrotolato e lo specchietto. «Andrà tutto bene.»

«No» ribadì Bri. Armeggiò col suo orologio, che non era più preciso ormai da un anno. Il regalo d'addio di loro padre il giorno in cui aveva deciso che non voleva più essere padre. «È una pessima idea, cazzo. Pessima. Dovremmo prendergli tutto oppure niente.»

«Il mio uomo» spiegò Fitz per quella che era forse la cinquantesima volta «vuole vedere se riusciamo a gestire la cosa. Dice di agire a stadi. Vedere come i proprietari reagiscono la prima volta.»

Bri sgranò gli occhi. «Sei matto? Potrebbero reagire da cani. È un bar della mafia. Un parcheggio.»

Fitz gli rivolse un sorriso tirato. «È proprio questo il punto. Se non lo fosse, non varrebbe nemmeno la pena di rischiare.»

«No, va bene?» Bri sferrò un calcio sotto il cassettino del cruscotto. Un bambino che faceva i capricci. Riprese a trafficare con l'orologio, ruotando il cinturino fino a spostare il quadrante all'interno del polso. «No, no e poi no.»

«No?» ripeté Fitz. «Fratellino, tu hai Ashley, i bambini e un fottuto problema di droga. È dal giorno del Ringraziamento che non fai benzina, e il tuo orologio continua a non funzionare.» Si sporse verso Bri attraverso l'abitacolo fino a toccargli la fronte con la sua. Gli posò la mano sul retro del collo. «Ripeti ancora "no".»

Bri non lo fece, ovviamente. Quello che fece fu tirare un'altra linea.


Quella sera c'era il pienone, con un fiume di Bud e un sacco di scommesse. Bob e Rardy si occupavano delle prime, Marv si prendeva cura degli scommettitori, nervosi e sempre un po' confusi, infilando le puntate nella fessura dell'armadietto sotto la cassa. A un certo punto scomparve per conteggiare il tutto, riemergendo quando la folla si era ormai notevolmente diradata.

Bob stava schiumando due boccali di Guinness quando due ceceni entrarono dalla porta principale con i loro capelli corti, le barbe di due giorni, le giubbe di seta sotto i giacconi di lana. Marv li incrociò e consegnò la busta marroncina senza neanche rallentare, e quando Bob ebbe finito di togliere tutta la schiuma i ceceni se n'erano già andati. Dentro e fuori. Come se non ci fossero mai stati.

Un'ora dopo il locale si era svuotato. Bob stava passando il mocio dietro il banco, Marv contava l'incasso, Rardy era occupato a trasportare i rifiuti nel vicolo. Bob strizzò il mocio nel secchio, e quando rialzò gli occhi, sulla soglia dell'uscita posteriore c'era un uomo con un fucile puntato su di lui.

Quello che avrebbe ricordato per tutta la sua vita era il silenzio. Il fatto che il resto del mondo, fuori e nelle case, stesse dormendo, e che regnasse una quiete assoluta. Eppure lì sulla soglia c'era un uomo con un passamontagna sul volto e un fucile a pallettoni puntato su di lui e su Marv.

Bob lasciò cadere lo spazzolone.

In piedi accanto a una delle ghiacciaie della birra, Marv alzò gli occhi. Poi li socchiuse. Appena sotto la sua mano c'era una Glock .9mm. E Bob sperava con tutte le sue forze che Marv non fosse così stupido da provare a impugnarla. Quel fucile li avrebbe tranciati in due prima che la sua mano fosse risbucata da sotto il banco.

Ma Marv non era uno stupido. Alzò lentamente le braccia sopra la testa ancora prima che il tizio glielo ordinasse, e Bob fece lo stesso.

L'uomo entrò nel locale, e Bob sentì una morsa al petto nel vedere che dietro il primo tizio ce n'era un altro, con una rivoltella nella mano un po' tremante. Con un solo rapinatore la situazione era parsa in qualche modo gestibile, ma con due l'atmosfera nel bar sembrava improvvisamente tesa come una vescica sul punto di scoppiare. Bastava una semplice puntura di spillo. *Potrebbe essere la fine*, si disse Bob. Di lì a cinque minuti, o anche solo trenta secondi, avrebbe potuto scoprire se c'era un'altra vita dopo questa oppure soltanto il dolore dell'acciaio che gli penetrava in corpo e gli squarciava gli organi vitali. Seguito dal nulla.

Il tizio con la mano tremante era magro, quello con il fucile corpulento, o meglio grasso, ed entrambi ansimavano sotto i passamontagna. Il magro posò un sacchetto della spazzatura sul banco, ma fu il grosso a parlare.

«Non pensarci nemmeno» disse. «Riempilo e basta.»

Marv annuì come se stesse prendendo una comanda e iniziò a trasferire le mazzette appena preparate nel sacchetto.

«Non vorrei creare problemi...» cominciò.

«Be', li stai creando» ribatté il grosso.

Marv smise di infilare i soldi nel sacco e lo guardò. «Ma sapete di chi è questo bar? Di chi sono i soldi che state rubando?»

Il magro si avvicinò con la pistola tremante. «Riempi 'sto cazzo di sacco, idiota.»

Al braccio destro portava un orologio con il quadrante sotto il polso. Bob notò che segnava le sei e un quarto malgrado fossero le due e mezzo del mattino.

«Nessun problema» disse Marv rivolto alla pistola tremante. «Nessun problema.» Poi infilò il resto dei soldi nel sacco.

Il magro trasse a sé il bottino e fece un passo indietro; ora i due rapinatori erano su un lato del banco e Bob e

Marv sull'altro, e Bob sentiva il cuore sbatacchiargli nel petto come un sacco pieno di furetti scaraventato fuori bordo.

In quel terribile momento, a Bob parve che il tempo intero fin dalla nascita del mondo spalancasse la bocca per ingoiarlo. Poteva vedere il cielo notturno espandersi nello spazio e lo spazio espandersi nell'infinito delle altre galassie, ed era tutto gelido e senza fine e lui era più piccolo di un granello di polvere. Era il ricordo di un granello, il ricordo di qualcosa che era passato senza essere notato.

*Voglio solo allevare quel cane*, pensò per chissà quale motivo. *Voglio solo addestrarlo e vivere un po' più di questa vita.*

Il magro infilò in tasca la pistola e uscì dal locale.

Era rimasto soltanto il grosso col fucile.

«Tu parli troppo» disse a Marv.

E se ne andò.

La porta sul vicolo cigolò aprendosi e cigolò richiudendosi. Bob trattenne il respiro per almeno mezzo minuto, poi lui e Marv espirarono all'unisono.

Bob udì un verso sordo, una sorta di gemito, ma non era stato Marv a emetterlo.

«Rardy» disse.

«Oh cazzo.» Marv aggirò il banco insieme a lui e attraversarono di corsa il cucinino uscendo sul retro, dove depositavano i fusti di birra vuoti, e videro Rardy steso bocconi a sinistra della porta, il volto insanguinato.

Bob non sapeva bene cosa fare, ma Marv si accovacciò accanto a Rardy e prese a strattonargli una spalla come la cordicella di accensione di un motore fuoribordo. Rardy emise qualche gemito, poi diede un rantolo. Un verso orribile, rotto e strozzato, come se stesse inspirando schegge di vetro. Inarcò la schiena, rotolò su un fianco e si drizzò a sedere, la pelle del volto tesa sulle ossa, le labbra ritratte sui denti come una sorta di maschera mortuaria.

«Oh cazzo,» disse «mio cazzo. Dio.»

Aprì gli occhi, e Bob vide che cercava di metterli a fuoco. Gli ci volle un minuto.

«Che *cazzo*?» esclamò, e Bob pensò che dal punto di vista dei possibili danni cerebrali era un passo avanti rispetto a "mio cazzo".

«Tutto bene?» gli chiese.

«Sì, tutto bene?» Marv era al suo fianco, entrambi accovacciati davanti a Rardy.

«Devo vomitare.»

Bob e Marv indietreggiarono di qualche passo.

Rardy emise qualche rapido respiro, ne trasse altrettanti, li soffiò fuori di nuovo e alla fine annunciò: «No, non devo più».

Bob fece due passi avanti. Marv restò dov'era.

Bob porse a Rardy un canovaccio da cucina e Rardy se lo portò alla medusa di sangue e carne viva che gli copriva un lato del volto, dall'orbita all'angolo della bocca.

«Come sono ridotto?»

«Non male» mentì Bob.

«Sì, hai un buon aspetto» disse Marv.

«No, non ce l'ho» ribatté Rardy.

«No, non ce l'hai» convennero Bob e Marv.

# 3

## Il locale di parcheggio

A rispondere per prime alla chiamata furono due poliziotte in uniforme, Fenton, G. e Bernardo, R. Diedero un'occhiata a Rardy e R. Bernardo attivò il microfono agganciato alla spallina e disse al centralino di inviare un'ambulanza. Interrogarono tutti e tre ma si concentrarono su Rardy, perché nessuno immaginava che avrebbe resistito a lungo. Aveva un colorito novembrino e continuava a umettarsi le labbra e battere le palpebre. Se non aveva mai subito una commozione cerebrale prima di allora, a quel punto poteva pure segnarla nell'elenco delle cose fatte.

Poi si aprì la porta ed entrò il detective responsabile, e nel vedere Bob la sua espressione assente e disinteressata si fece curiosa e subito dopo divertita.

Gli puntò contro il dito. «La messa delle sette a Saint Dom.»

Bob assentì. «Sì.»

«Ci vediamo ogni mattina da quanti anni, due? Tre? E non ci siamo mai presentati.» Gli porse la mano. «Detective Evandro Torres.»

Bob gliela strinse. «Bob Saginowski.»

Il detective Torres strinse la mano anche a Marv. «Fatemi parlare con le mie ragazze... scusate, i miei agenti... e poi mi racconterete cos'è successo.»

Si avvicinò agli agenti Fenton e Bernardo e i tre cominciarono a confabulare con un'abbondanza di cenni di assenso e dita puntate.

«Lo conosci?» chiese Marv.

«Non proprio» rispose Bob. «Lo vedo a messa.»

«Che tipo è?»

Scrollò le spalle. «Non lo so.»

«Frequentate la stessa parrocchia e non sai che tipo è?»

«Tu conosci tutti quelli della tua palestra?»

«È diverso.»

«In che modo?»

Marv sospirò. «Lo è e basta.»

Torres tornò da loro, con il suo sorriso perlaceo e il suo sguardo malizioso. Fece raccontare a entrambi quello che ricordavano dei fatti, e le loro versioni furono quasi identiche, anche se dissentivano sul modo in cui quello con la pistola si era rivolto a Marv, se gli aveva dato dell'"idiota" o del "coglione". Ma per il resto erano in sintonia. Tralasciarono entrambi la parte in cui Marv aveva chiesto al ciccione se sapeva a chi apparteneva davvero quel bar, pur non avendo avuto il tempo di consultarsi prima. Ma a East Buckingham, sopra l'ingresso del reparto maternità dell'ospedale Saint Margaret era scarabocchiata la scritta TIENI CHIUSA QUELLA CAZZO DI BOCCA.

Torres prendeva appunti sul suo taccuino da giornalista. «Quindi, vediamo, passamontagna neri, dolcevita neri, giacconi neri e jeans neri, il magro più nervoso dell'altro ma entrambi abbastanza disinvolti. Non ricordate altro?»

«È più o meno tutto» confermò Marv sfoggiando il suo sorriso disponibile. Mr Benintenzionato.

«Quello più vicino a me...» disse Bob. «Il suo orologio era fermo.»

Sentì addosso gli occhi di Marv, e vide che anche Rardy, con la borsa del ghiaccio sul volto, si era girato. Non aveva la minima idea del perché avesse aperto bocca. E a quel punto, cosa ancora più sorprendente, proseguì a farla andare.

«Lo portava con il quadrante sotto il polso, così.» Ruotò la mano.

Torres restò con la penna a mezz'aria. «E le lancette erano ferme?»

Bob annuì. «Sì. Sulle sei e un quarto.»

Torres ne prese nota. «Quanto vi hanno rubato?»

«Quello che c'era in cassa» rispose Marv.

Il detective non distolse gli occhi e il sorriso da Bob. «*Solo* quello che c'era in cassa?»

«Quello che c'era in cassa, agente» disse Bob.

«Detective.»

«Detective. Solo quello.»

Torres si guardò intorno nel locale. «Sicché se chiedessi in giro non mi sentirei dire che qui si raccolgono scommesse, oppure, che so...» proseguì guardando Marv «che si procura un passaggio sicuro a merci trafugate?»

«A merci *cosa*?»

«Trafugate» ripeté. «È un sinonimo grazioso di rubate.»

Marv finse di rifletterci. Poi scosse il capo.

Torres guardò Bob, che fece lo stesso.

«O magari che di tanto in tanto si vende un sacchetto d'erba?» riprese il detective. «Non sentirei niente del genere?»

Marv e Bob si appellarono al quinto emendamento senza dirlo a voce alta.

Torres dondolò all'indietro sui talloni, guardandoli entrambi come se fossero una coppia di comici. «E quando controllerò i vostri fogli cassa... Rita, ricordati di prenderli, okay?... riporteranno esattamente la cifra che è stata rubata?»

«Certo» rispose Marv.

«Ci può scommettere» disse Bob.

Torres scoppiò a ridere. «Ah, dunque i galoppini erano già passati. Che fortuna.»

La situazione cominciò a infastidire Marv, facendogli aggrottare la fronte. «Non mi piace quello che sta, insomma, insinuando. Siamo stati rapinati.»

«Lo so che siete stati rapinati.»

«Ma lei ci sta trattando da sospetti.»

«Non di aver rapinato il vostro stesso bar.» Torres levò discretamente gli occhi al cielo e sospirò. «Marv... lei è Marv, giusto?»

Marv annuì. «È quello che dice l'insegna sopra la porta, sì.»

«Okay, Marv.» Torres gli diede un colpetto sul gomito, e Bob ebbe l'impressione che stesse reprimendo un sorrisetto compiaciuto. «Lo sanno tutti che questo bar è un parcheggio.»

«Un cosa?» chiese Marv portandosi la mano dietro l'orecchio e sporgendosi in avanti.

«Un parcheggio» ripeté Torres. «Un locale di parcheggio.»

«Non conosco il termine» disse Marv, guardandosi intorno come in cerca di un pubblico.

«No?» Divertito, Torres stette al gioco. «Be', diciamo che in questo quartiere e in un altro paio di zone della città c'è una certa presenza criminale.»

«Non mi dica» esclamò Marv.

Torres sgranò gli occhi. «Oh, no, sul serio. La voce che gira... alcuni la chiamano leggenda urbana, altri la fottuta verità, perdonate il linguaggio... la voce che gira è che questa presenza criminale, o se preferiamo questa criminalità organizzata...»

Marv scoppiò a ridere. «Criminalità organizzata!»

Torres si unì alla risata. «Vero? Sì, una criminalità organizzata, composta più che altro da europei dell'Est, vale a dire croati, russi, ceceni e ucraini...»

«Come, niente bulgari?» domandò Marv.

«Anche loro» confermò Torres. «Bene, la voce che gira... è pronto?»

«Sono pronto» disse Marv, e ora fu lui a dondolarsi all'indietro sui talloni.

«La voce che gira è che l'organizzazione gestisca scommesse, spacci droga e sfrutti prostitute in tutta la città. E dico da est a ovest e da nord a sud. Ma ogni volta che noi della polizia cerchiamo di coglierli sul fatto, come si dice, i soldi non sono mai dove credevamo che fossero.» Torres levò le mani al cielo a esprimere sorpresa.

Marv scimmiottò il gesto, aggiungendovi di suo una faccia da pagliaccio triste.

«Dove sono i soldi?» domandò il detective.

«Dove?» ripeté curioso Marv.

«Non sono nel bordello, non sono nel centro di spaccio, non ce li ha l'allibratore. Sono spariti.»

«*Puf.*»

«*Puf*» confermò Torres. Abbassò la voce, fece cenno a Marv e Bob di avvicinarsi e proseguì quasi bisbigliando. «La teoria è che ogni sera il denaro venga raccolto e "parcheggiato",» spiegò virgolettando la parola con le dita «"parcheggiato" in un bar prescelto. Il locale raccoglie tutti gli incassi illegali della serata e li trattiene fino al mattino dopo. A quel punto si presenta un russo con un trench di pelle nera e un fiume di dopobarba, ritira il denaro e lo riporta all'organizzazione dall'altra parte della città.»

«Ancora con 'sta organizzazione» disse Marv.

«Ed ecco fatto.» Torres batté le mani, producendo un tale schiocco che perfino Rardy si girò. «I soldi svaniscono.»

«Posso farle una domanda?» disse Marv.

«Certo.»

«Perché non vi procurate un mandato per il bar in questione e non arrestate tutti quando ricevono il denaro?»

«Ah» esclamò Torres alzando il dito indice. «Grande idea. Mai pensato di fare il poliziotto?»

«Nah.»

«Sicuro? C'è portato, Marv.»

«Sono solo un modesto proprietario di pub.»

Torres ridacchiò e si fece di nuovo sotto con fare da cospiratore. «Il motivo per cui non possiamo farlo è che fino a poche ore prima che un locale diventi un parcheggio nessuno, nemmeno il bar stesso, *sa* che lo sarà.»

«*No*.»

«*Sì*. Dopodiché possono passare sei mesi prima che lo rividenti. Oppure potrebbe essere coinvolto di nuovo due giorni dopo. Il punto è che non si può mai dire.»

Marv si grattò la barba corta. «Non si può mai dire» ripeté in tono sommesso e colmo di meraviglia.

Rimasero tutti e tre in silenzio per qualche istante.

«Be', se vi viene in mente qualcos'altro» concluse finalmente Torres «fatemi un colpo di telefono.» Diede loro un biglietto da visita per ciascuno.

«Quante possibilità ci sono di beccarli?» chiese Marv facendosi aria al viso con il cartoncino.

«Oh, poche» rispose Torres con fare magnanimo.

«Se non altro è onesto.»

«Se non altro uno di noi lo è.» Torres fece una secca, sonora risata.

Marv si unì a lui, poi si interruppe di botto e lasciò che gli si raggelasse lo sguardo come se fosse ancora un duro.

Torres si rivolse a Bob. «Peccato per Saint Dom, vero?»

«In che senso?» chiese Bob, lieto di parlare di qualsiasi altra cosa.

«È finita, Bob. Sta per chiudere i battenti.»

Bob aprì la bocca, ma non riuscì a emettere suono.

«Lo so, lo so» soggiunse Torres. «Me l'hanno detto

proprio oggi. Verrà incorporata da Saint Cecilia. Riesce a crederci?» Scosse il capo. «Somigliavano a voci che aveva già sentito qui dentro, quelle dei due rapinatori?»

Bob stava ancora pensando a Saint Dom. Torres, sospettava, era uno a cui piaceva manipolare il prossimo.

«Somigliavano a migliaia di altre voci che avevo già sentito qui dentro.»

«E che suono avevano, quelle migliaia di altre voci?»

Bob ci rifletté un istante. «Come se stessero guarendo da un raffreddore.»

Torres sorrise di nuovo, ma questa volta sembrava sincero. «Più o meno normale, da queste parti.»

Fuori sul retro del locale, un paio di minuti più tardi, Rardy sedeva su una lettiga dietro l'ambulanza mentre le due agenti di pattuglia ripartivano a bordo della loro auto e un membro della squadra di soccorso cercava di strappargli di mano una lattina gigante di Narragansett.

«Ha una commozione cerebrale» disse il paramedico.

Rardy si riprese la lattina. «Non per colpa della birra.»

L'uomo dell'ambulanza scoccò un'occhiata a Cousin Marv, il quale sfilò la lattina dalle dita di Rardy. «È meglio così.»

Rardy cercò di riaguantarla e gli diede dello stronzo.

Torres e Bob stavano osservando il mini-conflitto quando Torres disse: «È tutta una buffonata».

«Se la caverà» ribatté Bob.

Torres lo guardò. «Parlo di Saint Dom. Bellissima chiesa. E facevano messa nel modo giusto. Niente abbracci di gruppo dopo il Padre Nostro, niente cantanti folk.» Fece scorrere lo sguardo sul vicolo con l'assorta, disperata espressione della vittima. «Quando i laici avranno finito di perseguitare la Chiesa, non ci sarà rimasto altro che qualche condominio con le finestre di vetro istoriato.»

«Però...» disse Bob.

Torres gli scoccò l'occhiata indignata del martire che osserva i pagani mentre gli preparano la pira. «Però cosa?»

«Be'...» Bob allargò le braccia.

«No, cosa?»

«Se la Chiesa ammettesse le sue colpe...»

Torres assunse una posa bellicosa, e dai suoi occhi scomparve ogni traccia di giocosità. «Ah, è così? Ma il *Globe* non ha dedicato prime pagine ai casi di abuso nel mondo musulmano.»

Bob sapeva che avrebbe dovuto metterci un tappo, ma qualcosa aveva preso il controllo di lui. «Hanno insabbiato le violenze sui bambini. Su ordine di Roma.»

«Hanno chiesto *scusa*.»

«Ma che valore ha, se non rivelano i nomi dei preti che hanno violentato...»

Torres levò le mani al cielo. «Tutta colpa del cattolicesimo da caffè. Di quelli che vogliono essere cattolici *quasi* sempre, tranne che per le questioni difficili. Perché non fa la comunione?»

«*Come?*»

«Sono anni che la vedo a messa. Non ha mai fatto la comunione, nemmeno una volta.»

Bob era confuso e offeso. «Sono affari miei.»

Torres tornò finalmente a sorridere, ma era un sorriso così cattivo che Bob avrebbe potuto fiutarlo a occhi chiusi.

«Lei crede?» disse il detective, e si allontanò verso la sua auto.

Bob si diresse all'ambulanza, chiedendosi cosa cazzo fosse appena successo. Ma lo sapeva, cos'era successo: si era inimicato uno sbirro. Una vita trascorsa in un ermetico cantuccio di anonimità, e ora era stato tutto rovesciato in mezzo alla strada.

I paramedici si stavano preparando a caricare la lettiga di Rardy sull'ambulanza.

«Moira ti raggiunge?» chiese Bob.

«Sì, l'ho chiamata» rispose Rardy. Sgraffignò la lattina a Marv e se la scolò. «Cazzo, la testa mi fa un male bastardo. Un male bastardo.»

La lettiga venne sollevata, Bob afferrò al volo la lattina vuota lanciata da Rardy, i portelli posteriori vennero chiusi e l'ambulanza partì.

Marv e Bob rimasero soli nell'improvviso silenzio.

«Ti ha dato il permesso di portare il suo giubbotto, lo sbirro, o prima hai dovuto farti toccare le tette?»

Bob sospirò.

Marv non era soddisfatto. «Perché cazzo gli hai detto dell'orologio?»

«Non lo so» disse Bob, e in quel momento si rese conto che era vero, non lo sapeva. Non ne aveva idea.

«Be', vediamo di stroncare 'sto cazzo di impulso sul nascere, diciamo per il resto dei tuoi giorni.» Si accese una sigaretta e pestò i piedi a terra per riscaldarsi. «Ci hanno rubato cinquemila dollari e rotti. Ma Anwar e

Makkhal avevano ritirato la busta, sicché di quello non sono responsabile.»

«Dunque siamo a posto.»

«Ci hanno fregato cinque testoni» ripeté. «È il loro bar, sono i loro soldi. No, cazzo, non siamo molto a posto.»

Tornarono a guardare il vicolo, rabbrividendo di freddo. Dopo qualche istante rientrarono.

# 4

## Seconda città

Domenica mattina Nadia gli portò il cucciolo in macchina mentre lui aspettava col motore acceso davanti a casa sua. Glielo passò attraverso il finestrino e li salutò entrambi con un cenno della mano.

Bob guardò il cucciolo sul sedile e si sentì sommergere dalla paura. Che cosa mangia? Quando mangia? Come insegnargli a non sporcare in casa? Quanto ci si impiega? Aveva avuto giorni per considerare quelle questioni: perché gli venivano in mente solo adesso?

Frenò, inserì la retromarcia e percorse qualche metro. Nadia, un piede sul primo gradino di casa, si voltò. Lui abbassò il finestrino del passeggero, si allungò attraverso il sedile fino a vederla in faccia.

«Non so cosa fare» disse. «Non so niente.»

A un supermercato per animali domestici Nadia scelse alcuni giocattoli da masticare, spiegandogli che ne aveva bisogno se voleva conservare il suo divano. Scarpe, gli disse: d'ora in avanti tienile sempre nascoste, su uno scaffale alto. Comprarono vitamine (per un cane!) e

Nadia gli consigliò una marca di cibo per cuccioli, aggiungendo che la cosa più importante era continuare a dargli lo stesso prodotto. Modifica la dieta a un cane, lo ammonì, e ti ritrovi con chiazze di diarrea sul pavimento.

Comprarono il cesto in cui mettere il cucciolo quando Bob era al lavoro. Presero una bottiglia per l'acqua da sistemare nel cesto e un libro sull'addestramento dei cani scritto da monaci che in copertina avevano un'aria tosta e per niente monacale e grandi sorrisi. Mentre la cassiera registrava la spesa, Bob si sentì percorrere dal rombo di un tremore, un disturbo passeggero nell'atto di estrarre il portafoglio. Avvertì una vampata di calore alla gola. Un ribollio in testa. E fu soltanto consegnando la carta di credito alla cassiera, quando il tremore svanì, la gola tornò normale e la testa gli si schiarì, che riconobbe, nella sua improvvisa scomparsa, la natura della sensazione che aveva appena provato.

Per un momento, forse addirittura per una successione di istanti, nessuno dei quali sufficientemente intenso da poter essere identificato come la sola causa, era stato felice.

«Allora grazie» disse Nadia quando si fermarono davanti a casa sua.

«Come? No, grazie a te. Davvero, è... Grazie.»

«È un bravo cucciolo, lui. Ne andrai fiero, Bob.»

Bob abbassò gli occhi sul cane che russava delicatamente in grembo a Nadia. «Fanno così? Dormono tutto il tempo?»

«Più o meno. Poi corrono come forsennati per una ventina di minuti. Poi dormono un altro po'. E cagano.

Bob, non dimenticarlo mai: cagano e pisciano come matti. Non ti devi arrabbiare. Non è colpa loro. Leggi i manuali. Ci vuole un po', ma capiscono abbastanza presto che in casa non si fa.»

«Quant'è abbastanza presto?»

«Due mesi?» Nadia inclinò la testa. «Tre? Devi essere paziente, Bob.»

«Paziente» ripeté lui.

«E anche tu» disse lei al cucciolo sollevandolo dal proprio grembo. Il cane si svegliò e prese a fiutare e sbuffare dal naso. Non voleva che Nadia se ne andasse. «Statemi bene» disse lei. Scese dall'auto, rivolse un cenno di saluto a Bob salendo i gradini di casa e scomparve all'interno.

Il cucciolo si era seduto sulle zampe posteriori, e guardava il finestrino dal basso come se si aspettasse che Nadia riapparisse. Si voltò verso Bob, e lui ne avvertì il senso di abbandono. Avvertì anche il proprio. Era sicuro che sarebbero stati un disastro, lui e quel cane gettato nei rifiuti. Era sicuro che il mondo era troppo forte.

«Come ti chiami?» gli chiese. «Che nome ti daremo?»

Ma il cucciolo si girò dall'altra parte, come a dire: riporta la ragazza.

La prima cosa che fece fu cagare in sala da pranzo.

Sulle prime Bob non si rese neanche conto di cosa stava combinando. Vide che cominciava ad annusare, strisciando il naso sul tappeto, e poi lo guardava con aria imbarazzata. «Cosa c'è?» gli chiese, e lui la fece su un angolo del tappeto.

Bob si lanciò in avanti come se potesse fermarlo e

ricacciargliela dentro, ma lui fuggì e si rifugiò in cucina, seminando stronzetti sul pavimento di legno.

«No, no, va tutto bene» disse Bob, anche se non era vero. Quasi tutto quello che c'era in casa era appartenuto a sua madre, ed era rimasto praticamente intatto dai tempi in cui era stato acquistato, negli anni Cinquanta. Questa era merda. Erano escrementi. In casa di sua madre. Sul suo tappeto, sul suo pavimento.

Nei pochi secondi che Bob impiegò ad arrivare in cucina, il cucciolo aveva lasciato una pozzanghera di piscio sul linoleum. Bob rischiò di scivolarvi. Il cane si era appiattito davanti al frigorifero, e lo guardava aspettando le botte e cercando di non tremare.

E Bob si fermò. Si fermò pur sapendo che più lasciava la merda sul tappeto, più sarebbe stato difficile pulirlo.

Si mise a quattro zampe. Avvertì il ritorno improvviso di ciò che aveva provato quando aveva pescato la bestiola dal bidone della spazzatura, qualcosa che credeva se ne fosse andato con Nadia. Una connessione. Il sospetto che fosse stato qualcosa di più del semplice caso a farli incontrare.

«Ehi» disse quasi in un sussurro. «Ehi, va tutto bene.» Lentamente, molto lentamente, allungò la mano, e il cucciolo si appiattì ancora di più contro il frigo. Ma Bob continuò a far avanzare la mano, fino a posargliela dolcemente sul lato del muso. Mormorò versi tranquillizzanti. Gli sorrise. «Tutto bene, tutto bene» ripeté ancora.

Di questi tempi il detective Evandro Torres lavorava alla Antirapine, ma in passato era stato qualcuno. Per un glorioso anno e tre mesi era stato un detective della Omicidi. Poi, come faceva di solito con le cose belle nella sua vita, aveva incasinato tutto ed era stato retrocesso alla Antirapine.

A fine giornata, gli uomini della Antirapine andavano a bere da JJ's e quelli della Omicidi al Last Drop, ma se cercavi qualcuno della Crimini Gravi di solito lo trovavi impegnato a onorare la veneranda tradizione di bere a bordo della propria auto giù al Pen' Channel.

Fu lì che Torres trovò Lisa Romsey e il suo collega, Eddie Dexter. Eddie era un uomo magro e dal colorito giallognolo che, per quanto si sapesse, non aveva amici né famiglia. Aveva la personalità di una cassetta di sabbia bagnata, e apriva bocca solo se interpellato, ma quando si trattava della mafia del New England era una vera enciclopedia.

Lisa Romsey era tutt'altra cosa: la ispanica più sexy e suscettibile che avesse mai portato una pistola alla cintura. Il cognome Romsey era l'avanzo di due disastrosi anni di matrimonio con il procuratore distrettuale, e lei l'aveva conservato perché in quella città continuava ad aprirle più porte di quante ne chiudesse. Qualche anno prima aveva lavorato in coppia con Torres, in una squadra speciale. Quando l'unità era stata sciolta lei era stata trasferita alla Crimini Gravi, dov'era ancora, e Torres alla Omicidi, dove non era più.

Evandro li trovò a bordo della loro auto senza contrassegni all'angolo meridionale del parcheggio, intenti a sorseggiare qualcosa che non emetteva vapore dai bicchieri di cartone di Dunkin' Donuts. L'auto era rivolta verso il canale, ed Evandro indietreggiò nello spazio accanto con il muso nella direzione opposta e abbassò il finestrino.

Romsey gli scoccò un'occhiata che esprimeva la tentazione di lasciare chiuso il suo, poi lo imitò.

«Che si beve stasera?» chiese Torres. «Scotch o vodka?»

«Vodka» rispose Romsey. «Hai il tuo bicchiere?»

«Ti pare che sia appena venuto al mondo?» Torres le porse una tazza di ceramica con la scritta WORLD'S #1 DAD, il miglior papà del mondo. Nel leggerla Romsey inarcò un sopracciglio, ma versò la vodka nella tazza e gliela ripassò.

Bevvero un sorso tutti e tre, Eddie Dexter tenendo lo sguardo fisso oltre il parabrezza come se cercasse di trovare il sole in un cielo così grigio che sarebbe potuto passare per il muro di una prigione.

«Allora, Evandro, come butta?» chiese Romsey.

«Ricordi Marvin Stipler, uno della vecchia guardia?» Lei scosse la testa.

«Cousin Marv?» riprese Torres. «Otto, nove anni fa è stato scalzato dal suo giro di scommesse dai ceceni.»

Romsey aveva cominciato ad annuire. «Giusto, giusto, giusto. Sono arrivati, gli hanno detto che aveva dei Tic-Tac al posto dei testicoli e lui ha passato il decennio successivo a provare che avevano ragione.»

«Proprio lui» disse Torres. «L'altra notte è stato rapinato. Il locale è intestato a una delle società di facciata di Papà Umarov.»

Romsey e Dexter si scambiarono un'occhiata sorpresa. «Bisogna essere ritardati, per rapinare un locale come quello» osservò Romsey.

«L'hai detto. La Crimini Gravi sta seguendo gli Umarov?»

Romsey si versò di nuovo da bere e scosse il capo. «Siamo sopravvissuti a malapena agli ultimi tagli, non abbiamo intenzione di rischiare per un russo di cui la gente ignora quasi l'esistenza.»

«Ceceno.»

«Cosa?»

«Sono ceceni, non russi.»

«Fammi una pompa.»

Torres indicò la fede che portava al dito.

Romsey fece una smorfia. «Come se abbia mai avuto importanza.»

«Sicché Cousin Marv non è di nessuno?»

La donna scosse di nuovo la testa. «Se lo vuoi, Evandro, è tutto tuo.»

«Grazie. È stato un piacere rivederti, Lisa. Sei bellissima.»

Lei batté le ciglia, tese il dito medio e richiuse il finestrino.

La mattina dopo la città si destò con dieci centimetri di neve. L'inverno era cominciato da un solo mese e già avevano avuto tre vere tormente e numerose spolverate. Avanti di questo passo, a febbraio non ci sarebbe più stato spazio dove metterla.

Bob e Cousin Marv uscirono con un badile a testa davanti al locale, anche se in realtà Marv si limitava più che altro ad appoggiarsi al manico del suo, adducendo come scusa un vecchio incidente al ginocchio che solo lui ricordava.

Bob gli raccontò la sua giornata con il cane, i costosi acquisti nel negozio specializzato e la cagata del cucciolo sul tappeto della sala da pranzo.

«Sei riuscito a lavare via la macchia?» chiese Marv.

«Quasi del tutto» rispose Bob. «Ma è un tappeto scuro.»

Marv lo fissò da sopra il manico del badile. «È un tappeto scu... è il tappeto di tua *madre*. Quando ci sono passato sopra con una scarpa, e non era neanche sporca, per poco non mi hai mozzato il piede.»

«Ha parlato la regina del melodramma» disse Bob, sorprendendo sia Marv che se stesso. Non era il tipo da rispondere male a qualcuno, specialmente se quel qualcuno era Marv. Ma doveva ammettere che era una sensazione piacevole.

Marv si riprese a sufficienza da stringersi i genitali fra le dita e mandargli un bacio rumoroso, poi spinse il suo badile nella neve per un minuto, riuscendo solo a sollevarla di quel tanto da permettere alla brezza di soffiarla via, peggiorando le cose.

Due Cadillac Escalade neri e un furgone bianco accostarono al marciapiede della strada deserta, e Bob non ebbe nemmeno bisogno di controllare: c'era una sola persona che poteva presentarsi in quella zona nella tarda mattinata di un giorno di neve con due SUV appena lavati e lucidati.

Chovka Umarov.

«Le città» gli aveva spiegato un giorno suo padre «non vengono gestite dal palazzo del governo, ma dalle cantine. La Prima Città, quella che vedi, sono gli indumenti con cui coprono il corpo per dargli un aspetto migliore. Ma la Seconda Città *è* il corpo. È dove prendono le scommesse, dove vendono le donne e la droga e il genere di televisori, divani e oggetti vari che un lavoratore può permettersi. L'unica volta che il lavoratore ha notizia della Prima Città è quando la Prima Città lo sta fregando. Ma la Seconda Città lo circonda ogni singolo giorno della sua vita.»

Chovka Umarov era il Principe della Seconda Città.

Suo padre, Papà Pytor Umarov, era colui che reggeva le fila di tutto, dividendosi la torta con le vecchie fazioni italiane e irlandesi, subappaltando ai neri e ai portoricani; ma nelle strade la verità accettata da tutti era che se Papà Pytor avesse deciso di essere sgarbato e schiacciare uno o tutti i suoi alleati sotto i tacchi, nessuno avrebbe potuto farci un beato cazzo di niente.

Anwar scese dal posto di guida del primo SUV e guardò la nevicata con occhi freddi come il gin, quasi Bob e Marv ne fossero la causa.

Chovka emerse dal sedile posteriore dello stesso Escalade, infilandosi i guanti e controllando che l'asfalto non fosse ghiacciato. I suoi capelli e la sua barba regolata erano dello stesso nero dei guanti. Non era né alto né basso, né grosso né piccolo, ma anche di schiena irradiava un'energia che a Bob provocava un pizzicore alla base del cranio. «Più ti avvicini a Cesare,» soleva dire uno dei suoi insegnanti di storia al liceo «più lo temi».

Chovka si fermò su un tratto di marciapiede che Bob aveva già spalato, davanti a lui e Marv.

«Che bisogno c'è di uno spazzaneve, quando c'è Bob?» disse rivolto alla strada. Poi, a Bob: «Magari dopo vieni a casa mia».

«Ehm, d'accordo» rispose Bob, non riuscendo a trovare altro da dire.

Il furgone bianco ondeggiò leggermente sul proprio asse. Bob ne era sicuro: il lato più vicino al marciapiede si abbassò, poi il peso si spostò verso il centro e il veicolo si raddrizzò.

Chovka gli sferrò un pugno scherzoso sulla spalla. «Scherzo. Che tipo.» Sorrise ad Anwar e poi a Bob, ma quando li portò su Marv i suoi occhi neri divennero ancora più piccoli e scuri. «E tu sei in pensione?»

Dal furgone giunse un tonfo attutito. Poteva essere di tutto. Il mezzo ondeggiò di nuovo.

«Cosa?» chiese Marv.

«Cosa?» Chovka si tirò leggermente indietro per vederlo meglio.

«Voglio dire, chiedo scusa.»

«Scusa per cosa?»

«Non ho capito la domanda.»

«Ti ho chiesto se sei in pensione.»

«No, no.»

«No, non te l'ho chiesto?»

«No, non sono in pensione.»

Chovka indicò il marciapiede e i due badili. «Bob fa tutto il lavoro. Tu guardi.»

«No.» Marv raccolse un po' di neve e la gettò sul cumulo alla sua destra. «Sto spalando.»

«Come no, stai spalando.» Chovka si accese una sigaretta. «Venite.»

Marv si portò una mano al petto e lo guardò con aria interrogativa.

«Tutt'e due» disse Chovka.

59

Avanzarono lungo il marciapiede, facendo scricchiolare l'antigelo e il sale grosso sotto i piedi come schegge di vetro. Scesero in strada appena dietro il furgone, e dal telaio del veicolo Bob vide sgocciolare quello che a prima vista gli parve olio della trasmissione. Tranne che era nel punto sbagliato, e del colore e della densità sbagliati.

Chovka spalancò contemporaneamente i due portelli.

Due ceceni grossi come cassonetti dell'immondizia ambulanti erano seduti ai fianchi di un uomo magro e sudato. L'uomo era vestito da operaio edile, camicia a quadri blu sopra una maglia termica e jeans marroncini. L'avevano imbavagliato con una sciarpa di cotone e gli avevano trapanato un bullone di metallo da quindici centimetri nel piede destro, accanto al quale giaceva riverso lo scarponcino con la calza che spuntava fuori dal collo. La testa gli ciondolava sul petto, ma uno dei ceceni lo tirò per i capelli e gli passò una fialetta ambrata sotto il naso. L'istante in cui la fiutò, l'uomo rialzò la testa di scatto e spalancò gli occhi, riprendendo conoscenza mentre l'altro ceceno stringeva il mandrino di un trapano elettrico attorno a una punta.

«Lo conoscete?» chiese Chovka.

Bob scosse la testa.

«No» disse Marv.

«Ma *io* lo conosco» riprese Chovka. «Il momento che lo conosco, lo conosco. Quando viene da me per fare affari cerco di spiegargli che deve avere un centro morale. Eh, Bob? Capisci?»

«Un centro morale» ripeté Bob. «Certo, Mr Umarov.»

«Un uomo con un centro morale sa quello che sa e sa cosa bisogna fare. Sa come tenere in ordine i suoi affari. Ma un uomo senza centro morale, lui non sa quello che non sa, e mica glielo puoi spiegare. Perché se sapesse quello che non sa, avrebbe un centro morale.» Chovka guardò Marv. «Capisci?»

«Sì» disse Marv. «Assolutamente.»

Chovka fece una smorfia. Aspirò qualche boccata dalla sigaretta.

A bordo del furgone l'operaio edile gemette, e il ceceno alla sua sinistra lo fece tacere con una manata sulla nuca.

«Qualcuno ha rapinato il mio bar?» chiese Chovka a Bob.

«Sì, Mr Umarov.»

«"Mister Umarov" è come chiami mio padre, Bob. Io sono Chovka, okay?»

«Chovka. Sissignore.»

«Chi ha rapinato il nostro bar?»

«Non lo sappiamo» rispose Cousin Marv. «Erano mascherati.»

«Il rapporto della polizia dice che uno dei due aveva un orologio guasto» disse Chovka. «Gliel'avete detto voi?»

Marv abbassò gli occhi sul proprio badile.

«Ho risposto senza riflettere» spiegò Bob. «Mi dispiace molto.»

Chovka tornò a guardare l'operaio edile, fumando la sua sigaretta, e per qualche istante nessuno aprì bocca.

Poi Chovka si rivolse a Marv: «Cos'avete fatto per recuperare i soldi di mio padre?».

«Abbiamo sparso la voce nel quartiere.»

Guardò Anwar. «La voce si è sparsa. Come i nostri soldi.»

L'uomo sul furgone si cagò addosso. Lo udirono tutti, e tutti fecero finta di niente.

Chovka richiuse i portelli. Vi calò due manate e guardò ripartire il furgone.

Poi si rivolse a Bob e Marv. «Trovate quei cazzo di soldi.»

Risalì sull'Escalade. Anwar si fermò davanti alla portiera, guardò Bob e poi indicò un mucchietto di neve che non aveva spalato. Seguì il suo capo a bordo del SUV, ed entrambi i veicoli si staccarono dal marciapiede.

Quando giunsero allo stop e svoltarono a destra, Cousin Marv fece un saluto militare. «E un buon anno del cazzo anche a voi, signori miei.»

Per qualche istante Bob proseguì a spalare in silenzio mentre Marv, reggendosi al suo badile, osservava la strada.

«Hai presente il tizio sul furgone?» disse questi. «Non voglio parlarne o sentirne parlare. Siamo intesi?»

Nemmeno Bob aveva voglia di parlarne. Annuì.

«Come facciamo a trovarli, i loro soldi?» riprese Marv dopo un po'. «Se sapessimo dove sono, vorrebbe dire che sappiamo chi li ha presi, il che significherebbe che siamo d'accordo con loro, il che significherebbe che quegli altri ci sparerebbero in faccia. E allora come facciamo a trovarli?»

Bob continuò a spalare, poiché quello era il classico interrogativo senza risposta.

Marv si accese una Camel. «Ceceniani del cazzo.»

Bob smise di spalare. «Ceceni.»

«Cosa?»

«Si dice ceceni, non ceceniani.»

Marv non ci credeva. «Ma vengono dalla Cecenia.»

Bob si strinse nelle spalle. «Sì, ma non è che gli irlandesi si chiamino irlandiani.»

Chini sui loro badili, rimasero a guardare la strada per qualche minuto finché Marv non suggerì di rientrare. Faceva freddo, disse, e il ginocchio di merda lo stava facendo morire.

# 5

## Cousin Marv

Verso la fine del 1967, quando i bravi cittadini di Boston avevano eletto sindaco Kevin White, Cousin Marv aveva una voce così bella che era stato scelto fra tutti i suoi compagni di seconda elementare per cantare alla cerimonia di insediamento. Ogni mattina Marv andava a Saint Dom. Ma ogni pomeriggio dopo pranzo veniva accompagnato in autobus dalla parte opposta della città per le prove del coro di piccoli cantori della Old South Church di Back Bay. La Old South Church si trovava al 645 di Boylston Street (Marv non ne avrebbe mai dimenticato l'indirizzo) ed era stata costruita nel 1875. Era diagonalmente opposta alla Trinity Church, un altro capolavoro architettonico, e a uno sputo di distanza dalla sede principale della Boston Public Library e dal Copley Plaza Hotel, quattro edifici così maestosi che quando il piccolo Marv vi si trovava dentro, anche soltanto nei loro scantinati, si sentiva più vicino al cielo. Più vicino al Paradiso, più vicino a Dio, o agli angeli, o a tutti gli altri spiriti che aleggiavano ai margini dei vecchi dipinti. Marv ricordava di aver avuto il suo primo sospetto adulto proprio in quel coro: che sentirsi più prossimi a Dio avesse a che fare col sentirsi più prossimi alla conoscenza.

Ma poi era stato cacciato dal coro.

Un altro bambino, Chad Benson (Marv non avrebbe mai dimenticato nemmeno quel cazzo di nome) l'aveva accusato di aver rubato una barretta Baby Ruth dalla cartella di Donald Samuel nello sgabuzzino dei cappotti. L'aveva detto davanti a tutti mentre il maestro del coro e gli insegnanti erano scesi a pisciare. Aveva detto che lo sapevano tutti che era povero, ma che se voleva mangiare qualcosa bastava che lo chiedesse e loro gli avrebbero fatto l'elemosina. Marv gli aveva dato dello stronzo, e Chad Benson si era preso gioco dei suoi farfugliamenti e del fatto che era diventato rosso paonazzo. Poi l'aveva chiamato "parassita della società", gli aveva chiesto se si vestisse ai reparti occasioni dei grandi magazzini e se vi facesse le compere tutta la famiglia o soltanto lui e sua madre. Marv gli aveva assestato un pugno in faccia così violento che lo schiocco era echeggiato per tutto il luogo sacro. Poi, quando Chad era finito a terra, gli era montato sopra, l'aveva preso per i capelli e gli aveva sferrato altri due pugni. Era stato il terzo a causare il distacco della retina. Non che il danno, per quanto grave, contasse qualcosa nel disegno generale delle cose: Marv aveva siglato la sua condanna fin dal momento in cui aveva dato il primo pugno. Quel giorno aveva imparato che quelli come Chad Benson non andavano mai presi a botte. Non andavano nemmeno contestati. Non da quelli come Marvin Stipler, in ogni caso.

Espellendolo dal coro, il maestro Ted Bing gli aveva inferto un ulteriore colpo dicendogli che secondo il suo orecchio di esperto la voce di Marv si sarebbe rotta all'età di nove anni.

Marv ne aveva otto.

Non gli avevano nemmeno permesso di rientrare in autobus insieme al resto del coro. Gli avevano semplicemente dato i soldi della tariffa, e lui aveva preso la linea rossa fino a East Buckingham. Aveva mangiato la barretta di Donald Samuel soltanto all'uscita della stazione, facendo l'ultimo tratto a piedi. Era il cibo più gustoso che avesse e che avrebbe mai assaggiato in vita sua. Non era stato soltanto il cioccolato semisciolto a stimolare ogni singola papilla gustativa e accarezzargli il cuore, ma anche il sapore forte e burroso dell'autocommiserazione. Sentirsi indignato e al tempo stesso tragicamente perseguitato era meglio, anche se Marv l'avrebbe ammesso con estrema parsimonia, di qualsiasi orgasmo nella storia mondiale delle scopate.

La felicità gli dava ansia, perché sapeva che non poteva durare. Ma la felicità guastata valeva sempre la pena di accoglierla a braccia aperte, perché ricambiava sempre la stretta.

La voce gli si era rotta a nove anni, esattamente come aveva previsto quello stronzo di Ted Bing. Niente più cori per Marv. E per il resto della sua vita aveva fatto di tutto per tenersi alla larga dal centro storico. Quei vecchi edifici, un tempo le sue divinità, erano diventati specchi crudeli. Vi poteva vedere riflesso tutto quello che non era mai diventato.

Dopo la visita di Chovka con la sua Guantanamo

ambulante, i suoi occhietti e il suo atteggiamento da stronzo, Marv aveva finito di spalare la neve dal marciapiede malgrado il ginocchio ballerino, e quel coglione di Bob era rimasto a guardare, probabilmente pensando al cane, da cui si stava lasciando ossessionare al punto che ormai facevi fatica a parlarci. Poi erano rientrati, e come volevasi dimostrare Bob aveva ricominciato a blaterare del cane. Marv non gli aveva fatto capire quanto era noioso perché a dire il vero era bello vederlo eccitato da qualcosa.

Il bastoncino più corto nella vita di Bob non era stato soltanto il fatto di essere stato cresciuto da due genitori vecchi e senza pretese, con pochi amici e nessuna conoscenza importante. La sua vera sfiga era che quegli stessi genitori l'avevano protetto troppo, soffocandolo di un amore così assoluto e disperato (che Marv sospettava dipendesse dal loro imminente abbandono del mondo dei vivi) che Bob non aveva mai imparato del tutto a sopravvivere nel mondo reale. Molti di quelli che lo conoscevano adesso sarebbero rimasti sorpresi nel vedere che Bob poteva incutere una certa paura, se si premeva il tasto sbagliato di quel suo cervello da ciondolone; ma c'era un'altra parte di lui che aveva un tale bisogno di coccole che invalidava completamente la parte che avrebbe potuto conciare male chiunque avesse esagerato nel metterlo con le spalle al muro.

E adesso aveva attirato l'attenzione della mafia cecena per essere stato così stupido da dare informazioni gratuite a uno sbirro. E non a uno sbirro qualunque. A uno che *conosceva*. Che frequentava la sua stessa chiesa.

La mafia cecena li stava tenendo d'occhio. Per colpa della debolezza di Bob.

Quella sera Marv rientrò a casa presto. Al bar la situazione era tranquilla, non c'era motivo di trattenersi visto che già pagava Bob perché facesse, insomma, il cazzo che doveva fare. Si fermò all'ingresso per togliersi il giaccone, i guanti, il berretto e la sciarpa: l'inverno era solo una dannata scusa per mettersi addosso una quantità di roba di cui un qualsiasi abitante delle Hawaii non sospettava nemmeno l'esistenza.

Dottie si fece sentire dalla cucina. «Sei tu?»

«E chi se no?» gridò Marv malgrado con l'anno nuovo si fosse ripromesso di essere più gentile con sua sorella.

«Potrebbe essere uno di quei giovani che fingono di vendere abbonamenti per poter uscire dal ghetto.»

Marv cercò un gancio per il berretto. «Non credi che suonerebbero il campanello?»

«Possono tagliarti la gola.»

«Chi?»

«Quei giovani.»

«Con le loro riviste? Cosa fanno, impugnano un comesichiama, un inserto, e ti dissanguano tagliuzzandoti con la carta?»

«La tua carne è in padella.»

La si sentiva sfrigolare. «Arrivo.»

Scalciò via lo scarponcino destro con l'aiuto del sinistro, ma poi fu costretto a usare la mano per sfilarsi il sinistro. Era scuro in punta. Sulle prime pensò che fosse colpa della neve.

Invece no, era sangue.

Il sangue che era colato fuori dal piede del tizio sul furgone ed era finito in strada dal buco sul pavimento del veicolo.

E aveva trovato il suo scarponcino.

Ragazzi, quei ceceni. Quei cazzo di ceceni.

Gli stupidi se ne lasciavano impressionare. Ma i furbi diventavano intraprendenti.

Quando entrò in cucina, Dottie, in vestaglia e ciabatte pelose a forma di alce, disse senza alzare gli occhi dalla padella: «Sembri stanco».

«Non mi hai neanche guardato.»

«Ti ho guardato ieri.» Gli rivolse un sorriso provato. «Ti guardo adesso.»

Marv prese una birra dal frigo, cercando di scacciare dalla mente l'immagine del tizio, di quel maniaco di un ceceno che stringeva la punta del trapano con la chiavetta.

«E...?» chiese a Dottie.

«Sembri stanco» rispose lei in tono allegro.

Dopo cena Dottie si mise a guardare la tivù e Marv andò alla palestra di Dunboy Street. Aveva bevuto una birra di troppo per usare gli attrezzi, ma poteva sempre farsi una sudata.

A quell'ora della sera nel bagno turco non c'era nessuno (la stessa palestra era semideserta), e quando ne uscì Marv si sentiva molto meglio. Era quasi come se avesse fatto ginnastica, il che, ora che ci pensava, era quello che succedeva quasi sempre quando andava in palestra.

Fece la doccia, rimpiangendo quasi di non essersi

portato dietro una birra, perché dopo un po' di attività fisica non c'era niente di meglio di una birretta fredda sotto una doccia calda. Tornò nello spogliatoio e si rivestì davanti al proprio armadietto. Accanto a lui, Ed Fitzgerald stava armeggiando con la serratura del suo.

«Ho sentito che sono incazzati» disse.

Marv infilò le gambe nei calzoni di velluto. «Contenti è dura che lo siano. Sono stati rapinati.»

«Dei ceceni incazzati. Roba da brividi.» Fitz tirò su col naso, e Marv era abbastanza sicuro che non fosse raffreddato.

«No, va tutto bene. Non ti preoccupare. Cerca solo di non dare nell'occhio. E anche tuo fratello.» Mentre si allacciava gli scarponcini alzò gli occhi su Fitz. «Che problema c'è col suo orologio?»

«Perché?»

«Ho notato che è fermo.»

Fitz sembrava imbarazzato. «Non ha mai funzionato. Il nostro vecchio gliel'ha regalato per il suo decimo compleanno. Si è fermato tipo il giorno dopo, e non ha mai potuto restituirlo perché l'aveva rubato. "Non ti lamentare" diceva a Bri. "Segna l'ora giusta due volte al giorno." Bri ce l'ha sempre addosso.»

Marv si abbottonò la camicia sopra la canottiera. «Be', dovrebbe comprarne uno nuovo.»

«Quand'è che rapiniamo un posto con l'intero bottino? Non mi va di rischiare vita, libertà e tutto il resto per la miseria di cinque testoni.»

Marv richiuse l'armadietto drappeggiandosi il giaccone sul braccio. «Concedimi di non essere il solito coglione senza un piano. Quando precipita un aereo, qual è la compagnia più sicura con cui volare il giorno dopo?»

«Quella del disastro.»

Si aprì in un sorriso soddisfatto. «Appunto.»

Fitz lo seguì fuori dallo spogliatoio. «Non capisco una parola di quello che dici. Sembra che parli brasiliano.»

«I brasiliani parlano il portoghese.»

«Ah sì?» disse. «Be', che vadano affanculo.»

# 6

# Via Crucis

Dopo che tutti se ne furono andati dalla messa delle sette, compreso il detective Torres e la sua occhiata di puro disprezzo, e dopo che padre Regan fu rientrato in sagrestia per cambiarsi i paramenti e lavare i calici (lavoro che un tempo era svolto dai chierichetti, ma ormai non si trovavano più chierichetti per la messa delle sette), Bob si trattenne sulla sua panca. Non pregò nel vero senso della parola, ma si abbandonò all'abbraccio di un silenzio che si trovava di rado fuori da una chiesa, riflettendo su una settimana movimentata. Bob riusciva a ricordare interi anni in cui non gli era accaduto un bel niente. Anni in cui alzava gli occhi sul calendario aspettandosi di leggervi MARZO e invece vi leggeva NOVEMBRE. Ma negli ultimi sette giorni aveva trovato il cucciolo (ancora senza nome), aveva conosciuto Nadia, era stato rapinato sotto la minaccia delle armi, aveva adottato il cane e ricevuto la visita di un gangster che torturava la gente sul retro di un furgone.

Alzò lo sguardo sul soffitto a volta della chiesa. Guardò l'altare di marmo. Osservò le stazioni della

Via Crucis, situate a distanze uguali fra i santi di vetro istoriato. La Via Dolorosa, ogni stazione una scultura che immortalava il tragitto finale di Cristo nel mondo temporale, dalla condanna alla crocifissione alla sepoltura. Ce n'erano quattordici, distribuite regolarmente lungo il perimetro della chiesa. Se fosse stato bravo a disegnare, Bob avrebbe potuto riprodurle a memoria. Lo stesso valeva per le finestre con i santi, a cominciare ovviamente da san Domenico, il santo patrono delle madri speranzose, da non confondersi con l'altro san Domenico, patrono degli ingiustamente accusati e fondatore dell'Ordine dei Domenicani. Molti dei fedeli della congregazione di Saint Dominic non sapevano che esistevano due san Domenico, e se lo sapevano ignoravano quale dei due avesse dato il nome alla chiesa. Ma Bob lo sapeva. Suo padre, per molti anni usciere capo della parrocchia nonché l'uomo più devoto che Bob avesse mai conosciuto, ne era ovviamente al corrente, e aveva trasmesso la conoscenza a suo figlio.

*Ma non mi hai mai detto, papà, che al mondo ci sono uomini che picchiano i cani e li lasciano morire al freddo nei bidoni della spazzatura, o uomini che trapanano bulloni nei piedi dei loro simili.*

*Non c'era bisogno di dirtelo. La crudeltà è più antica della Bibbia. La ferocia cominciò a percuotersi il petto alla prima estate dell'uomo e continua a farlo ogni giorno. Il peggio nell'essere umano è cosa comune. Il meglio è ben più raro.*

Bob percorse le stazioni. La Via Crucis. Si fermò alla quarta, dove Gesù incontra Sua madre mentre risale la collina con la croce in spalla, la corona di spine in testa e alle Sue spalle due centurioni armati di fruste e pronti a usarle per tenerlo lontano da Sua madre, per forzarlo ad arrivare in cima alla collina dove l'avrebbero inchiodato sulla stessa croce che lo costringevano a trascinare. Si erano pentiti, quei centurioni? Poteva esistere il pentimento, in quel caso?

Oppure certi peccati erano semplicemente troppo gravi?

La Chiesa diceva di no. Finché fosse esistita una sincera confessione, la Chiesa diceva che Dio avrebbe perdonato. Ma la Chiesa era un veicolo interpretativo, a volte imperfetto. E se in questo caso fosse stata in errore? E se fosse stato impossibile recuperare certe anime dai pozzi neri dei loro peccati?

Se il Paradiso doveva essere considerato una destinazione ambita, l'Inferno doveva contenere il doppio delle sue anime.

Bob si rese conto di aver chinato la testa soltanto quando la rialzò.

Alla sinistra della quarta stazione c'era sant'Agata, patrona fra le altre cose delle infermiere e dei fornai, e alla sua destra c'era san Rocco, patrono degli scapoli, dei pellegrini e...

Fece un passo indietro per osservare meglio la finestra di vetro istoriato davanti alla quale era passato un numero tale di volte che ormai non la vedeva neanche più. E lì, nell'angolo inferiore destro della finestra, c'era un cane che guardava il suo santo e padrone.

Rocco, patrono di scapoli, pellegrini e...

Cani.

«Rocco» ripeté Nadia quando Bob glielo disse. «Sì... mi piace. È un bel nome.»

«Trovi? Stavo per chiamarlo Cassius.»

«Perché?»

«Perché credevo fosse un boxer.»

«E...?»

«Cassius Clay» spiegò.

«Era un pugile?»

«Sì. Ma a un certo punto ha cambiato nome in Muhammad Ali.»

«Lui l'ho sentito» disse lei, e all'improvviso Bob si sentì meno vecchio. Ma poi Nadia soggiunse: «Non ha dato il suo nome a una griglia per cucina?».

«No, quello è un altro.»

Bob, Nadia e l'appena battezzato Rocco percorrevano la passeggiata sul lungofiume del Pen' Park. A volte Nadia raggiungeva Bob dopo il lavoro, e insieme portavano fuori il cane. Bob sapeva che in lei c'era qualcosa che non quadrava (non gli era sfuggito il fatto di aver trovato il cane così vicino a casa sua, né la sua assenza di sorpresa o interesse in quel dettaglio), ma esisteva forse qualcuno, in qualche angolo del pianeta, che non avesse qualcosa di strano? Più di qualcosa, il più delle volte. Nadia si presentava per dargli una mano con il cane, e Bob, che nella sua vita non aveva conosciuto molta amicizia, prendeva quella che poteva.

Avevano insegnato a Rocco a sedersi, a sdraiarsi, a dare la zampa e a rotolare sulla schiena. Bob aveva letto l'intero libro dei monaci e seguito le istruzioni. Il veterinario aveva svermínato il cucciolo e lo aveva vaccinato contro la tosse canina prima ancora che la malattia avesse la possibilità di scoppiare. Gli avevano fatto l'antirabbia e il vaccino per la parvovirosi ed era stato dichiarato fuori pericolo per le ferite alla testa. Solo ematomi sottocutanei, aveva detto il veterinario, solo ematomi sottocutanei. Era stato registrato. E cresceva in fretta.

Ora Nadia stava insegnando a entrambi il comando "vieni qui".

«Okay, Bob, ora fermati di colpo e diglielo.»

Bob si arrestò e tirò il guinzaglio per far sedere Rocco accanto al suo piede sinistro. Rocco fece una mezza curva assecondando il guinzaglio. Poi piroettò su se stesso. Poi si coricò sulla schiena.

«Vieni qui. No, Rocco. Vieni qui.»

Rocco si drizzò a sedere e fissò Bob.

«Okay» disse Nadia. «Non male, non male. Fa' altri dieci passi e ripeti.»

Bob e Rocco si allontanarono sul vialetto. Bob si fermò. «Vieni qui.»

Rocco lo affiancò e si sedette.

«Bravo.» Bob gli diede un biscotto.

Fecero altri dieci passi e ci riprovarono. Questa volta Rocco saltò fino all'altezza dell'anca di Bob, atterrò su un fianco e prese a rotolarsi a terra.

«Vieni qui» disse Bob. «Vieni qui.»

Proseguirono per altri dieci passi e funzionò.

Poi ci riprovarono e non ci fu verso.

Bob guardò Nadia. «Ci vuole tempo, giusto?»

Nadia annuì. «Con alcuni più che con altri. Nel vostro caso, direi proprio di sì.»

Poco dopo Bob staccò il guinzaglio e Rocco scattò

immediatamente verso gli alberi e si mise a correre avanti e indietro fra i tronchi più vicini al vialetto.

«Non si allontana mai da te» osservò Nadia. «L'hai notato? Non ti perde mai d'occhio.»

Bob arrossì di orgoglio. «Quando guardo la tivù mi dorme sulla gamba.»

«Ah sì?» Nadia sorrise. «Combina ancora disastri in casa?»

Bob sospirò. «Oh, sì.»

Un centinaio di metri dopo si fermarono ai bagni; Nadia entrò mentre Bob rimetteva Rocco al guinzaglio e gli dava un altro biscotto.

«Bel cane.»

Bob si voltò e vide passare un giovane. Capelli lisci e flosci, allampanato, occhi chiari, cerchietto d'argento all'orecchio sinistro.

Bob gli rivolse un cenno del capo e un sorriso di ringraziamento.

Il tizio si fermò sul vialetto a qualche metro di distanza. «Gran bel cane» ripeté.

«Grazie» disse Bob.

«Un cane *bellissimo*.»

Lo guardò, ma questi si era già girato e si stava allontanando. Si sollevò il cappuccio della felpa sulla testa e proseguì con le mani in tasca e le spalle contratte per proteggersi dal maltempo.

Nadia uscì dai bagni e lesse qualcosa sul volto di Bob.

«Che succede?»

Bob indicò il vialetto con il mento. «Quel tizio continuava a ripetere che Rocco è un bel cane.»

«Rocco *è* un bel cane» disse Nadia.

«Sì, ma...»

«Ma cosa?»

Bob scrollò le spalle e lasciò perdere, pur sapendo che non era finita lì. Se lo sentiva: qualcosa nel tessuto del mondo si era appena lacerato.


Di questi tempi, Marv era costretto a pagare.

Dopo la sua mezz'ora con Fantasia Ibanez tornò dritto a casa. Vedeva Fantasia una volta alla settimana nella stanza sul retro del bordello che Betsy Cannon gestiva in una delle vecchie residenze dei direttori di prigione in cima agli Heights. Erano tutte costruzioni vittoriane Secondo Impero risalenti all'Ottocento, quando la prigione era la principale fonte di occupazione di East Buckingham. Il carcere non esisteva più da tempo: ne restavano soltanto i nomi, Penitentiary Park, Justice Lane, Probation Avenue, e il bar più vecchio del quartiere, The Gallows. Il Patibolo.

Marv scese la collina fino ai Flats, sorpreso dal tepore della giornata; i cinque gradi resistevano anche di sera, i rivoli di neve sciolta gorgogliavano nei canali di scolo, i pluviali sputavano le loro acque grigie sui marciapiedi e le casette a schiera di legno esibivano pustole di umidità come se avessero passato il pomeriggio a sudare.

Avvicinandosi a casa, Marv si domandò come avesse fatto a diventare uno che viveva con la sorella e pagava per fare sesso. Quel pomeriggio era andato a trovare il suo vecchio, Marv Senior, e gli aveva raccontato un fracco di balle anche se il vecchio non si era neanche reso conto della sua presenza. Gli aveva detto di avere approfittato del buon momento degli immobili commerciali e della limitata disponibilità di licenze per la vendita di alcolici in città, di essersi arricchito e di aver venduto alla grande il Cousin Marv's Bar. Aveva incassato abbastanza da poterlo trasferire in una bella casa di riposo, magari, ungendo i tipi giusti, l'istituto tedesco di West Roxbury. Adesso poteva farlo. Non appena le carte fossero state firmate e il denaro messo a disposizione dalla banca («Le conosci le banche, papà, lo trattengono fino a costringerti a chiedere l'elemosina come se non fosse tuo»), si sarebbe potuto prendere di nuovo cura della sua famiglia come ai bei tempi.

Tranne che il vecchio ai bei tempi non li aveva voluti, i suoi soldi. Da quel punto di vista era proprio irritante, il modo in cui insisteva a chiedergli nel suo stentato inglese (Stipler era un'americanizzazione, nemmeno troppo riuscita, di Stepanski) perché non poteva svolgere un lavoro onesto come suo padre, sua madre e sua sorella.

Marvin Senior era stato un ciabattino, la moglie aveva lavorato trent'anni in una lavanderia e Dottie faceva la passacarte per la Allstate. Marv avrebbe venduto l'uccello alla scienza, piuttosto che fare una carriera da schiavo con un salario da schiavo per il resto dei suoi giorni. Per poi svegliarsi a fine corsa e domandarsi: ma che cazzo è successo?

Eppure, malgrado i loro conflitti, voleva bene al suo vecchio, e gli piaceva sperare che la cosa fosse reciproca. Insieme andavano alle partite dei Sox e una volta alla settimana si facevano rispettare nel campionato di bowling, dove il vecchio era un fenomeno nell'abbattere il

7 e il 10 agli angoli opposti. Poi era arrivato l'ictus, seguito un anno dopo dall'infarto, seguito tre mesi dopo dalla seconda ischemia. E adesso Marvin Stipler Senior se ne stava seduto in una stanza semibuia e puzzolente di muffa, e non il tipo di muffa che vedevi sui muri umidi ma quello che trovavi nelle persone prossime alla fine. Eppure Marv continuava a sperare che il vecchio fosse in qualche modo presente a se stesso, e che un giorno sarebbe tornato. E non solo tornato, ma tornato con una scintilla nello sguardo. Al mondo accadevano cose anche più strane. Il trucco era non perdere mai la speranza. Non perdere la speranza e procurarsi qualche soldo per ricoverarlo in un posto in cui credessero nei miracoli e non solo nell'immagazzinamento.

Giunto a casa, Marv prese una birra, un bicchierino di Stoli e il posacenere e raggiunse Dottie nel tinello in cui avevano sistemato il televisore e le poltrone reclinabili. Dottie si stava spazzolando una ciotola di gelato Rocky Road. Disse che era la seconda, il che significava che era la terza, ma che diritto aveva Marv di rinfacciarle ciò che le dava piacere? Si accese una sigaretta e fissò una pubblicità di un lavapavimenti a motore, un piccolo utensile che ronzava attorno a una massaia con un sacco di denti come uno di quegli aggeggi che nei film di fantascienza si ribellavano al genere umano. Marv immaginava che presto la dentona avrebbe aperto uno sgabuzzino e sorpreso una coppia di dischi robotizzati a bisbigliarsi il loro complotto. Sarebbe stata la prima a lasciarci le penne, i due piccoli bastardi l'avrebbero presa alle estremità e avrebbero cominciato a succhiarla fino a farla a pezzetti.

Marv ne aveva molte, di idee come questa. Un giorno o l'altro, continuava a dirsi, avrebbe dovuto scriverle.

Quando *American Idol* tornò in onda, Dottie si voltò dalla sua poltrona e disse: «Dovremmo parteciparci».

«Tu non sai cantare» le rammentò Marv.

Lei agitò il cucchiaio in aria. «No, all'altro, quello dove la gente gira il mondo in cerca di indizi e cose simili.»

«*The Amazing Race*?»

Annuì.

Marv le diede un colpetto affettuoso sul braccio. «Dottie, sei mia sorella e ti voglio bene, ma fra le mie sigarette e i tuoi gelati dovrebbero correrci a fianco con i defibrillatori. Una scarica ogni dieci passi, *bzzt! Bzzt!*»

Il cucchiaio di Dottie grattò contro il fondo della ciotola. «Sarebbe divertente. Vedremmo cose.»

«Quali cose?»

«Altri paesi, altri costumi.»

Marv se ne rese conto all'improvviso: una volta rapinato il locale di parcheggio sarebbe stato *costretto* a lasciare il paese. Non c'era altra soluzione. Gesù. Dire addio a Dottie? Nemmeno quello. Partire e basta. Accidenti, la vita chiedeva molto a un uomo ambizioso.

«Sei andato a trovare papà?»

«Ci sono passato.»

«Vogliono i loro soldi, Marv.»

Marv si guardò intorno nella stanza. «Chi?»

«La casa di riposo» disse Dottie.

«Li avranno.» Marv spense la sigaretta, improvvisamente esausto. «Li avranno.»

Dottie posò la ciotola sul tavolino pieghevole accanto

a loro. «È stata l'agenzia di recupero crediti a chiamare, non la casa di riposo, capisci? Fra i tagli all'assistenza sanitaria e io che vado in pensione... Finiranno per trasferirlo.»

«Dove?»

«In un posto più brutto.»

«Ne esiste uno?»

Lei gli rivolse un'occhiata penetrante. «Forse è arrivato il momento.»

Marv si accese un'altra sigaretta, anche se la sua gola era ancora irritata dall'ultima. «Stai dicendo di ucciderlo. Nostro padre. Perché è diventato un fastidio.»

«È morto, Marv.»

«Ah sì? E i *bip* delle macchine? E le onde sullo schermo? Quella è vita.»

«È elettricità.»

Chiuse gli occhi. Il buio era tiepido, invitante. «Oggi mi sono portato la sua mano alla faccia.» Riaprì gli occhi e guardò sua sorella. «Ho sentito scorrere il sangue.»

Seguì un silenzio così lungo che quando Dottie si schiarì la gola e riaprì bocca, *American Idol* aveva ceduto il posto a una nuova batteria di pubblicità.

«Andrò in Europa in un'altra vita» disse.

Marv la guardò negli occhi e la ringraziò con un cenno del capo.

Dopo un altro minuto le diede un buffetto sulla gamba. «Vuoi un altro po' di Rocky Road?»

Lei gli porse la ciotola.

# 7

## Deeds

Quando Evandro Torres aveva cinque anni, era rimasto sospeso nel vuoto per un guasto alla ruota panoramica di Paragon Park, a Nantasket Beach. I suoi genitori l'avevano lasciato salire da solo. A tutt'oggi Torres non riusciva a capire cosa cazzo stessero pensando, né a concepire che il personale del luna park potesse aver permesso a un bambino di cinque anni di prendere posto da solo su un sedile che si arrampicava fino a trenta metri di altezza. Ma allora per gran parte della gente la sicurezza dei più piccoli non era motivo di grande preoccupazione; chiedevi una cintura di sicurezza al tuo vecchio, lanciato a 150 all'ora con una bottiglia di Schlitz fra le gambe, e lui ti passava la sua cravatta e ti diceva di arrangiarti.

E così il piccolo Evandro si era ritrovato seduto all'apice del percorso della ruota quando questa si era fermata, sotto un sole bianco i cui raggi gli si riversavano in faccia e sulla testa come uno sciame d'api; voltandosi a sinistra poteva vedere tutto il parco, il resto di Hull e Weymouth al di là. Riusciva perfino a scorgere alcune parti di Quincy. Alla sua destra c'era l'oceano, un bel po' di oceano, e in lontananza le Harbor Islands e il profilo di Boston. E in quel momento si era reso conto che stava vedendo le cose come le vedeva Dio.

La consapevolezza di quanto ogni cosa, ogni edificio, ogni persona fosse piccolo e fragile l'aveva raggelato.

Quando erano finalmente riusciti a rimettere in moto la ruota e riportarlo giù, pensavano che piangesse perché l'altezza lo aveva spaventato. E se era vero che da allora Torres non era mai più stato un appassionato delle grandi altitudini, in realtà non era per quello che piangeva. Piangeva (e aveva proseguito così a lungo che durante il viaggio di ritorno suo padre Hector aveva minacciato di scaraventarlo fuori dall'auto senza staccare il piede dall'acceleratore) perché aveva capito che la vita aveva una durata limitata. Sì, sì, d'accordo, avrebbe detto allo psichiatra dopo la sua seconda degradazione: lo sappiamo tutti che la vita ha una fine. Ma in realtà non è così. In qualche angolo del cervello pensiamo di potercela cavare. Crediamo che possa succedere qualcosa che cambi le carte in tavola: una nuova scoperta scientifica, il Secondo Avvento, gli extraterrestri, *qualcosa* che ci consentirà di vivere in eterno. Ma a cinque anni, a *cinque* anni, Evandro Manolo Torres aveva capito con cristallina chiarezza che sarebbe morto. Magari non quel giorno stesso, o magari sì.

E quella consapevolezza gli aveva piazzato un orologio ticchettante nella testa e nel cuore una campana che suonava lo scoccare di ogni ora.

E così Evandro pregava. E andava a messa. E leggeva la Bibbia. E ogni giorno cercava di entrare in comunione con Nostro Signore Salvatore e Padre Santo.

E beveva troppo.

E per un po' aveva anche fumato troppo e tirato coca, pessime abitudini entrambe, ma ormai lontane più di cinque anni.

E amava sua moglie e i suoi figli, e cercava di assicurarsi che loro lo sapessero e lo avvertissero ogni giorno.

Ma tutto questo non bastava. Il vuoto, quell'abisso di merda, quel buco, quell'ascesso al centro di se stesso, non voleva saperne di chiudersi. Qualunque altra cosa il mondo vedesse quando lo guardava, quando Evandro si osservava vedeva un uomo che correva verso un punto irraggiungibile all'orizzonte. E un giorno, nel bel mezzo di tutto quel correre, la luce si sarebbe semplicemente spenta. Per non riaccendersi mai più. Non a questo mondo.

Questo faceva accelerare il ticchettio dell'orologio e aumentava il volume dello scampanio, e lo faceva impazzire, rendendolo debole e bisognoso di qualcosa, di qualsiasi cosa lo ancorasse al presente.

E poiché era abbastanza vecchio da conoscerne l'esistenza, quel qualcosa era la carne.

Ragione per cui in questo momento si trovava nel letto di Lisa Romsey per la prima volta in due anni, ed entrambi ci stavano dando dentro come se non avessero perso un colpo, trovando il ritmo perfetto ancora prima di atterrare sul materasso, i loro aliti e le loro pelli odorosi di alcol ma caldi, roventi. E quando venne, Evandro lo sentì fin nelle ossa più minute del suo corpo. Lisa venne insieme a lui, liberando un gemito di gola così forte che scoperchiò il soffitto.

Torres impiegò circa quattro secondi a staccarsi da lei e altri cinque per sentire i primi rimorsi.

Lei si drizzò a sedere sul letto e allungò un braccio sopra di lui per raggiungere la bottiglia di rossa sul comodino. Ne bevve una sorsata a canna. «Gesù» disse. «Ragazzi» esclamò. «Cazzo» imprecò.

Passò la bottiglia a Torres, che la imitò. «Ehi, succede.»

«Non significa che dovrebbe, stronzo.»

«Perché sarei io lo stronzo?»

«Perché sei sposato.»

«Non bene.»

Lisa riprese la bottiglia. «Intendi non felicemente.»

«No» disse Torres. «Siamo abbastanza felici, solo che non siamo bravi in fatto di fedeltà. Per noi è come la fottuta teoria delle stringhe. E domani dovrò guardare negli occhi il mio prete e confessargli tutto.»

«Sei il peggior cattolico che abbia mai conosciuto» commentò lei.

Torres sgranò gli occhi e ridacchiò. «C'è di molto peggio.»

«Com'è possibile, Mister Peccatore?»

«Il punto non è non peccare» spiegò. «Il punto è accettare che sei nato con la colpa e che la vita consiste nel cercare di espiarla.»

Romsey roteò gli occhi. «Perché non cerchi di togliere le chiappe dal mio letto e togliere il disturbo?»

Torres sospirò e uscì da sotto le lenzuola. Si sedette sul bordo del letto, si infilò i pantaloni, cercò la camicia e le calze. Nello specchio vide Romsey che lo guardava, e capì che suo malgrado provava qualcosa per lui.

Grazie, Gesù, per i piccoli miracoli.

Lei si accese una sigaretta. «L'altro giorno, dopo che te ne sei andato, ho fatto qualche ricerca sul tuo parcheggio, il Cousin Marv's.»

Torres aveva trovato una calza, ma non l'altra. «Ah sì?»

«Era menzionato in un caso irrisolto di una decina di anni fa.»

Per un attimo smise di cercare. Alzò gli occhi su di lei. «Davvero?»

Romsey allungò la mano dietro la schiena e la riportò davanti a sé con un oggetto misterioso fra le dita. Lo lanciò con uno scatto del polso, e la calza mancante atterrò sul letto accanto a Torres. «Una sera un giovane di nome Richard Whelan uscì dal locale e nessuno lo vide più. Evandro, se risolvessi un 187 vecchio di dieci anni...»

«Potrei rientrare nella Omicidi.»

Lei aggrottò la fronte. «No, alla Omicidi non ti riprendono più.»

«Perché no?»

«*Maaai* più.»

«Perché no?» ripeté Torres. Sapeva già la risposta, ma sperava che in qualche modo potesse essere cambiata.

Lei strabuzzò gli occhi. «Perché la dirige Scarpone.»

«E allora?»

«E allora ti sei scopato sua moglie, coglione. Poi l'hai riaccompagnata a casa, ubriaco e in servizio, e hai distrutto l'auto di pattuglia.»

Torres chiuse gli occhi. «D'accordo, alla Omicidi non mi riprendono più.»

«Ma se risolvi un vecchio caso come questo, puoi arrivare alla Crimini Gravi.»

«Dici?»

Lei gli sorrise. «Dico.»

Lui si infilò la seconda calza. Gli piaceva davvero, quell'idea.

Mi ero smarrito, avrebbe detto il giorno del trasferimento, ma ora ho ritrovato la via.

Marv uscì dal Cottage Market con due caffè, un sacchetto di pasticcini, l'«Herald» sottobraccio e dieci gratta-e-vinci Big Buckaroo nella tasca del giaccone.

Un bel po' di tempo prima, nel momento più glorioso ma più duro della sua vita, aveva smesso di sniffare cocaina. Si era inaspettatamente ritrovato con qualche soldo e aveva fatto la cosa giusta: aveva pagato i propri debiti e si era disintossicato. *Fino* a quel giorno, tuttavia, era stato un degenerato del cazzo, privo di qualsiasi dignità e autocontrollo. Ma una volta che aveva saldato il debito e si era allontanato da quella roba, si era ripreso la sua dignità. Da allora poteva anche aver permesso al suo corpo di andare in malora al punto da riuscire a scoparsi solo quelle che lo facevano di mestiere, e probabilmente era vero che aveva perduto amicizie come altri perdevano i capelli, ma aveva ancora la sua dignità.

Aveva anche dieci gratta-e-vinci che stasera si sarebbe concesso gradualmente mentre Dottie guardava *Survivor* o *Boss in incognito* o qualunque altro merdoso reality fosse previsto per la serata.

Stava scendendo dal marciapiede quando un'auto rallentò davanti a lui.

Poi si fermò.

Il finestrino del passeggero si abbassò con un ronzio.

L'uomo al volante si sporse di lato sul sedile e disse: «Ehilà».

Marv controllò prima l'auto e poi il tizio. La vettura era una Jetta del 2011 o giù di lì. Il genere di macchina di chi va ancora al college o ne è appena uscito, ma l'uomo al volante era sulla quarantina. Aveva un che di memorabilmente insignificante, un volto così insipido che i lineamenti sembravano vaghi, impossibili da fissare nella mente. Marv registrò una serie di sfumature brune: capelli castano chiari, occhi nocciola, indumenti marroncini.

«Mi sa dire dov'è l'ospedale?» chiese l'uomo.

«Deve fare inversione e tornare indietro per tre o quattro chilometri. È sulla sinistra.»

«Sulla sinistra?»

«Sì.»

«La mia sinistra.»

«La sua sinistra.»

«Non la sua.»

«Siamo rivolti nella stessa direzione.»

«Ah sì?»

«Più o meno.»

«Bene, allora.» Gli fece un sorriso. Poteva essere un sorriso di ringraziamento, ma anche qualcos'altro, qualcosa di squilibrato e inconoscibile. Impossibile a dirsi. Senza distogliere gli occhi da Marv, ruotò il volante e fece un'inversione perfetta.

Marv lo guardò allontanarsi e cercò di ignorare il sudore che gli colava lungo le cosce malgrado la temperatura fosse appena sotto lo zero.

Bob si infilò il giaccone con una scrollata di spalle, pronto per un'altra giornata di lavoro al bar. Andò in cucina, dove Rocco stava masticando con foga una stecca di pelle non conciata. Gli riempì la ciotola dell'acqua, si guardò intorno finché trovò l'anatroccolo giallo di gomma che Rocco si portava dietro ovunque. Lo posò nell'angolo del cesto, poi sistemò la ciotola dell'acqua nell'angolo opposto. Schioccò delicatamente le dita.

«Vieni, Rocco. Cuccia.»

Il cane trotterellò fino al cesto e si raggomitolò a contatto con la papera. Bob gli accarezzò il muso e chiuse il portello.

«A stasera.» Percorse il corridoio fino alla porta e la aprì.

Il tizio sul portico era magro. Non deperito, tutt'altro: come se quello che gli bruciava dentro, qualunque cosa fosse, bruciasse a una tale temperatura che i grassi non riuscivano a sopravvivere. I suoi occhi azzurri erano così chiari da sembrare quasi grigi. I capelli lisci e flosci erano biondi come il pizzetto abbarbicato sotto le labbra e sul mento. Bob lo riconobbe all'istante: era il ragazzo dell'altro giorno, quello che l'aveva incrociato e si era fermato per dire che Rocco era un bel cane.

A ben vedere, in realtà, non era affatto un ragazzo. Doveva essere sulla trentina.

Sorrise e gli porse la mano. «Mr Saginowski?»

Bob gliela strinse. «Sì.»

«Bob Saginowski?» Nella grossa mano di Bob quella dell'uomo era minuta, ma la sua stretta era potente.

«Sì.»

«Eric Deeds, Bob.» Lasciò la presa. «Credo che lei abbia il mio cane.»

Per Bob fu come essere colpito in piena faccia con un sacchetto di ghiaccio. «Cosa?»

Eric Deeds si strinse le braccia al petto. «Brrr. Fa freddo qui fuori, Bob. Non è una giornata adatta a uomo o... A proposito, dov'è?»

Fece per passare, ma Bob gli si piantò davanti. Deeds lo squadrò da capo a piedi, poi sorrise.

«Scommetto che è sul retro. Lo tiene in cucina? O giù in cantina?»

«Di cosa sta parlando?» chiese Bob.

«Del cane» rispose Eric.

«Senta, l'altro giorno al parco il mio cane le è piaciuto, ma...»

«Non è il suo cane» lo interruppe.

«Come?» ribatté Bob. «Sì che è mio.»

Eric scosse la testa come facevano le suore quando ti beccavano a mentire. «Possiamo parlare un minuto?» Sollevò il dito indice. «Solo un minuto.»

«Ehi, eccolo qui» esclamò Eric Deeds in cucina. «Il mio amico» soggiunse. «È diventato grande» osservò. «Che bestione.»

Quando aprì il cesto, Bob si sentì spezzare il cuore nel vedere Rocco avvicinarsi timidamente a Eric Deeds. Gli montò addirittura in grembo quando Eric, senza che Bob l'avesse invitato, si sedette al tavolo e si batté due volte la coscia. Bob non riusciva nemmeno a capire come l'avesse persuaso a lasciarlo entrare; era semplicemente uno che ci sapeva fare, come un poliziotto o un sindacalista: se voleva entrare da qualche parte, ci entrava.

«Bob,» stava dicendo ora «conosce per caso una certa Nadia Dunn?» Grattò la pancia di Rocco, e Bob provò un moto di invidia nel vedere che il cane scalciava a vuoto con la zampa sinistra, malgrado il suo manto fosse percorso da brividi costanti, quasi spastici.

«Nadia Dunn?» ripeté.

«Non è un nome così comune, tipo "conosco talmente tante Nadie che le confondo fra loro".» Eric Deeds grattò Rocco sotto il mento. Il cane teneva orecchie e coda appiattite lungo il corpo. Era come se si vergognasse di qualcosa, gli occhi così bassi che sembravano quasi rivolti verso l'interno delle orbite.

«La conosco.» Bob tese le braccia, raccolse Rocco dal grembo di Eric e lo trasse a sé, grattandolo dietro le orecchie. «Ogni tanto mi dà una mano a portare fuori Rocco.»

Era ormai una recita a due: Bob che sequestrava il cane a Eric senza alcun preavviso, Eric che gli scoccava un'occhiata come a dire "E *questo* che cazzo significa?". Eric aveva ancora il sorriso sulle labbra, ma era meno ampio di prima, e niente affatto allegro. La sua fronte si restrinse, dando agli occhi un'aria sorpresa, come se il fatto di ritrovarsi su quel volto fosse del tutto inaspettato. In quel momento apparve crudele, il genere di uomo che, se si fosse convinto di essere una vittima, si sarebbe vendicato cagando sul mondo intero.

«Rocco?» ripeté.

Bob annuì mentre il cane tornava a sollevare le orecchie e gli leccava il polso. «È il suo nome. Lei come lo chiamava?»

«Più che altro Cane. A volte Segugio.»

Eric Deeds si guardò intorno, poi alzò gli occhi sulla vecchia lampada al neon sul soffitto, una plafoniera rotonda che risaliva ai tempi della madre di Bob, anzi di suo padre, quando il vecchio aveva condiviso l'ossessione generale per i pannelli e aveva rivestito la cucina, il salotto, la sala da pranzo, e se avesse saputo come fare avrebbe ricoperto anche il bagno.

«Bob, bisogna proprio che mi restituisca il mio cane.»

Per un istante Bob perse la capacità di formulare parole. «È mio» disse alla fine.

Eric scosse la testa. «L'ha solo noleggiato.» Guardò il cane in grembo a Bob. «Il noleggio è terminato.»

«Lei lo picchiava.»

Eric infilò la mano nel taschino della camicia. Ne prese una sigaretta e se la ficcò in bocca. L'accese, scosse il fiammifero e lo gettò sul tavolo.

«Qui non si fuma.»

Puntò su Bob uno sguardo spassionato, proseguendo a fumare. «Lo picchiavo?»

«Sì.»

«E allora?» Scrollò la cenere sul pavimento. «Mi riprendo il cane, Bob.»

Bob si levò in tutta la sua altezza. Si tenne stretto Rocco, che cercò di divincolarsi dalle sue braccia e gli mordicchiò il piatto della mano. Se necessario, decise, si sarebbe scaraventato con tutto il suo metro e novanta e i suoi 110 chili abbondanti su Eric Deeds, che doveva pesarne meno di ottanta. Non adesso, non a bocce ferme, ma se Eric avesse cercato di afferrare Rocco, allora...

Eric Deeds gli sorrise dalla sedia. «Dove credi di

essere, Bob, in *Die Hard*? Siediti, dai. Sul serio.» Eric si rilassò contro lo schienale e soffiò una colonna di fumo verso il soffitto. «Ti ho chiesto se conoscevi Nadia perché io la conosco. Abita nel mio stesso isolato, fin da quando eravamo ragazzi. È la cosa strana di un quartiere: puoi anche non conoscere molta gente, specialmente se non ha la tua età, ma nel tuo isolato conosci *tutti*.» Guardò Bob mentre questi si sedeva. «Ti ho visto, quella notte. Mi sentivo in colpa per il mio caratteraccio, capisci? E così sono tornato lì per vedere se il cane era morto sul serio oppure no, e ti ho visto mentre lo pescavi dalla pattumiera e salivi sul portico di Nadia. Lei ti piace, Bob?»

«Credo proprio che dovrebbe andarsene» ribatté Bob.

«Non ti biasimerei. Non è una regina di bellezza, ma nemmeno uno schnauzer. E nemmeno tu sei un modello, giusto?»

Bob estrasse di tasca il cellulare e lo aprì. «Sto chiamando la polizia.»

«Fa' pure» annuì Eric. «L'hai registrato e tutto? Il comune vuole che tutti i cani vengano registrati, che abbiano un permesso. E il chip?»

«Che cosa?» chiese Bob.

«Il chip di sicurezza» spiegò Eric. «Lo impiantano sottopelle. Il cane viene smarrito, finisce in un ambulatorio, il veterinario ci passa sopra il lettore e viene fuori il codice a barre con tutti i dati del proprietario. Il quale nel frattempo sta girando con un foglietto su cui c'è scritto il numero del chip. Come questo.»

Sfilò un pezzetto di carta dal portafoglio e lo sollevò

per mostrarlo a Bob, codice a barre e tutto il resto. Poi lo rimise a posto.

«Questo cane è mio, Bob» disse.

«No, è mio.»

Eric lo guardò negli occhi e scosse il capo.

Bob trasportò Rocco sul lato opposto della cucina. Aprì il cesto, sentendosi addosso gli occhi di Eric Deeds. Rimise Rocco nel cesto. Si raddrizzò. Si voltò verso Eric e disse: «Adesso andiamo».

«Ah sì?»

«Sì.»

Eric si schiaffeggiò le cosce e si alzò. «Be', se lo dici tu vuol dire che è vero.»

Percorsero insieme il corridoio semibuio e si fermarono all'ingresso.

Eric vide un ombrello sulla destra della porta. Lo sfilò dal portaombrelli e guardò Bob. Fece scorrere ripetutamente la guida avanti e indietro sull'asta.

«Lei lo picchiava» ripeté Bob, perché gli sembrava un dettaglio importante.

«Ma alla polizia dirò che a picchiarlo eri *tu*.» Eric proseguì a muovere la guida dell'ombrello, facendo sbatacchiare la tesa.

«Che cosa vuole?» domandò Bob.

Eric Deeds fece quel suo sorrisetto misterioso. Strinse la cinghia attorno all'ombrello. Aprì la porta. Guardò fuori, poi tornò a fissare Bob.

«Adesso c'è il sole, ma non si sa mai» disse.

Giunto sul marciapiede, aspirò profondamente con il naso e si allontanò sotto il cielo sereno con l'ombrello sottobraccio.

# 8

## Regole e regolamenti

Eric Deeds era nato e cresciuto (se così si poteva dire) a East Buckingham, ma prima di tornare nella sua casa d'infanzia, poco più di un anno prima, aveva trascorso qualche anno lontano. Erano stati anni duri, quelli nel South Carolina.

Ci era andato per commettere un crimine e non era andata troppo bene: aveva lasciato in eredità al proprietario di un banco dei pegni un'emorragia cranica e un impedimento del linguaggio, uno dei suoi complici era morto nella sparatoria, riverso con un'espressione idiota sotto la pioggia primaverile, e lui e l'altro compare avevano scontato tre anni al penitenziario di Broad River.

Eric non era fatto per il carcere duro, e il terzo giorno di detenzione si era ritrovato nel bel mezzo di una rivolta in sala mensa; aveva alzato le mani terrorizzato e aveva bloccato l'affondo di una lama, che gli aveva attraversato la mano da parte a parte, ma così facendo non era affondata nel cranio di un certo Padgett Webster.

Padgett era uno spacciatore, e a Broad River era rispettato. Era diventato il protettore di Eric. Perfino quando lo scaraventava bocconi sul materasso e lo penetrava con una nerchia lunga e larga come un cetriolo, Padgett gli ripeteva di essergli debitore. Non l'avrebbe dimenticato. Eric avrebbe dovuto cercarlo al suo rilascio, riscuotere la cambiale per poter ricominciare.

Padgett era uscito sei mesi prima di Eric, e in quel periodo Eric aveva avuto il tempo di riflettere su certe cose. Di riconsiderare la sua vita, la spirale che l'aveva condotto fino a lì. L'unico amico che gli restava in galera, Vinny Campbell, che l'aveva seguito da Boston ed era stato arrestato insieme a lui, aveva aggiunto un anno alla sua pena per aver preso a martellate il gomito di un altro detenuto in falegnameria. L'aveva fatto per gli Ariani, i suoi nuovi confratelli, e come ringraziamento loro l'avevano fatto diventare un eroinomane, tanto che Vinny non rivolgeva quasi più la parola a Eric, barcollando insieme alla sua banda di skinhead con due borse sotto gli occhi scure come il caffè.

A Broad River loro erano i giocattoli senza braccia e gambe, con le pile in corto circuito, con l'imbottitura che fuoriusciva dal corpo. Anche se riparati, quei giocattoli non venivano riammessi nella stanza del bambino.

A quel punto, per Eric l'unica possibilità di farcela nel mondo era crearsi le proprie tavole della legge. Leggi tutte sue. L'aveva fatto una notte in cella, e ne aveva ricavato un'accurata lista di nove regole. Le aveva trascritte su un foglio, l'aveva piegato ed era uscito dalla Broad River Correctional Institution con il foglio nella tasca posteriore dei calzoni, le pieghe ormai gonfie e consumate dalla frequenza con cui le aveva aperte e chiuse.

Il giorno dopo il suo rilascio, Eric rubò un'auto. Passò da un Target lungo l'autostrada e sgraffignò una camicia hawaiiana di due taglie troppo grande e un paio di rotoli di nastro adesivo da imballaggio. I pochi soldi che aveva in tasca li stava risparmiando per comprare una pistola a un tizio di cui gli avevano dato il nome a Broad River. A quel punto chiamò Padgett da un telefono pubblico fuori da un motel di Bremeth e si mise d'accordo mentre la calura si levava in fili di vapore dall'asfalto nero e sgocciolava dagli alberi.

Per il resto della giornata rimase in camera, rammentando ciò che gli aveva detto lo strizzacervelli del carcere: che lui non era malvagio. Il suo cervello non era cattivo. Eric lo sapeva già, poiché passava molto tempo a vagare nelle sue pieghe rosate. Era solo confuso e ferito e pieno di componenti deformi, come un cimitero delle auto. Fotografie sottoesposte, un tavolo di vetro sempre unto, un lavello infilato di sghimbescio fra due pareti di calcestruzzo, la vagina di sua madre, due sedie di plastica, un bar fiocamente illuminato, luridi stracci color granata, una ciotola di arachidi, due labbra di donna che dicevano *Ti voglio bene, sì, ti voglio bene*, un'altalena bianca di plastica, una palla da baseball semidisfatta che attraversava un cielo grigiazzurro, la grata di un tombino, un ratto, due barrette Charleston Chew strette in una piccola mano sudata, un'alta recinzione, un vestito da donna di cotone beige gettato dietro un sedile d'auto in finta pelle, un biglietto di auguri di pronta guarigione firmato dall'intera quinta elementare, un paio di scarpe da ginnastica bagnate.

Quella sera a mezzanotte, quando risalì il sentiero dietro casa di Padgett, la Lista era nella tasca posteriore dei suoi calzoni. Gli alberi sgocciolavano nel buio, picchiettando un ritmo sommesso e regolare sul passaggio pedonale di pietre crepate. L'intero stato sgocciolava. A giudizio di Eric, lì era tutto troppo umido. Appiccicaticcio. Era mezzanotte, eppure poteva sentire le gocce di sudore sulla nuca e sotto le ascelle, dove formavano chiazze scure sulla camicia.

Non vedeva l'ora di andarsene. Di lasciarsi dietro Broad River e i baniani e l'odore da groppo in gola dei campi di tabacco e degli stabilimenti tessili e tutti quei neri, neri dappertutto, imbronciati e furbi e ingannevolmente lenti, e il costante, globale sgocciolio del Sud dell'America.

Tornare alle strade di ciottoli, all'aria frizzante delle sere d'autunno, ai posti dove potevi trovare un panino decente. Tornare ai bar in cui non suonavano country e alle strade in cui non si vedeva un camioncino ogni tre macchine e dove la gente non strascicava le parole con un accento così forte che capivi la metà di quello che diceva.

Eric era lì per ritirare un chilo di eroina nera. L'avrebbe venduta su al Nord e avrebbe rigirato i guadagni a Padgett secondo una divisione sessanta/quaranta, laddove il sessanta spettava a Padgett e il quaranta a lui. Era comunque un buon affare perché Eric non doveva pagare in anticipo il prodotto. Padgett glielo avrebbe affidato sulla fiducia, ripagando il debito per ciò che Eric aveva fatto con la sua mano.

Padgett aprì la porta e lo fece entrare in un portico chiuso mentre l'intera baracca cigolava nel filo di brezza che era riuscito a divincolarsi dagli alberi. Il portico era illuminato da una lampadina verde e puzzava di animale bagnato, ed Eric notò un sacco di carbonella addossato alla parete sulla destra della porta, accanto a un *hibachi* arrugginito e a una scatola di cartone ricolma di vuoti di *wine cooler* e bourbon Early Times.

«Sei una visione, ragazzo» esclamò Padgett dandogli una manata sulla spalla. Era un tipo segaligno e muscoloso, le sue membra increspate dalle cartilagini. I capelli quasi del tutto bianchi sembravano neve su un bacino carbonifero, e la sua pelle odorava di caldo e dell'aria impregnata di muschio e banana. «Una visione bianca. È un pezzo che da qui non passava uno della tua specie.»

Per arrivarci Eric aveva seguito la strada principale di un paesello grande come un escremento di mosca, aveva svoltato a destra dopo la ferrovia e si era lasciato dietro tre stazioni di servizio, un bar e un 7-Eleven. Aveva proseguito in auto per altri cinque chilometri, su strade dissestate tagliate da sentieri sterrati, giungle di eucalipti marci che si riversavano su strette baracche abbandonate, l'ultima faccia bianca avvistata ormai prima dei binari, a un migliaio di anni di distanza. Forse un lampione funzionante ogni quattro isolati di case deformi e campi incolti immersi nel buio. Uomini neri sui portici sfondati con le loro bottiglie da un litro di birra ad alta gradazione e le loro canne, ammassi di rottami d'auto arrugginiti e invasi dall'erba alta, donne color ebano dagli zigomi alti che attraversavano finestre incrinate e prive di tende tenendo in braccio i loro neonati. Mezzanotte, ed erano tutti letargicamente svegli, in attesa che qualcuno venisse a spegnere il riscaldamento.

«Ragazzi, avete un bel po' di umidità da queste parti» disse Eric entrando in casa.

«L'hai detto, cazzo» rispose il vecchio. «Ne abbiamo più che a sufficienza. Come te la passi, negretto?»

«Non male.» Attraversarono un salotto irrancidito e rattrappito dal caldo, ed Eric ripensò a quando Padgett gli si stendeva sopra dopo lo spegnimento delle luci, stringendogli i capelli fra le dita e bisbigliandogli all'orecchio: «Il mio negretto bianco».

«Questa è Monica» disse questi entrando in cucina.

Era seduta a un tavolo accostato per il lungo sotto la finestra, gonfia e nodosa, occhi larghi e spenti come pozzi neri, la pelle troppo tesa sulle ossa appena sotto. Eric sapeva che era la donna di Padgett, madre di quattro figli che se n'erano andati da un pezzo, e che alla destra della sua mano, appeso a due ganci avvitati sotto il tavolo, c'era un fucile a canne mozze calibro dodici.

Monica bevve un sorso di *wine cooler*, fece una smorfia di saluto e riprese a sfogliare la rivista accanto al suo gomito.

*Regola Numero Uno*, si disse Eric. *Ricorda la Regola Numero Uno.*

«Non ci badare» disse Padgett aprendo il frigo. «È di cattivo umore dalle undici di sera alle dodici del giorno dopo.» Porse a Eric una lattina di Milwaukee's

Best pescandola da un intero battaglione che riempiva la prima mensola del frigo, ne prese un'altra per sé e richiuse il portello.

«Monica,» continuò, «questo è l'uomo di cui ti ho parlato, il negretto che mi ha salvato la vita. Falle vedere la mano, ragazzo.»

Eric gliela sollevò davanti al volto, le mostrò il nodo di cicatrici rialzate nel punto in cui la lama l'aveva trapassata. Monica fece un minuscolo cenno del capo, ed Eric riabbassò la mano. Era ancora completamente insensibile, anche se funzionava tutto discretamente bene.

Monica tornò a guardare la sua rivista, ne girò una pagina. «So benissimo chi è, idiota. È da quando sei uscito di lì che non smetti un secondo di parlarne.»

Padgett scoccò un radioso sorriso a Eric. «Allora, da quant'è che sei fuori?»

«Da oggi.» Eric bevve una lunga sorsata di birra.

Passarono qualche minuto a parlare di Broad River. Eric aggiornò Padgett su alcune delle lotte di potere che si era perso, quasi tutte molto fumo e poco arrosto; gli raccontò del secondino che aveva dovuto andarsene in malattia quando, dopo aver rubato la roba del detenuto sbagliato, aveva cominciato a credere che la sua pelle fosse diventata viola e si era strappato le unghie grattandole sul muro del cortile. Padgett voleva sapere tutti i pettegolezzi, ed Eric rammentò che era sempre stato una vecchia gallina, seduto ogni mattina accanto alle panche dei pesi insieme agli altri vecchi detenuti a ridacchiare e spettegolare come se fossero a un talk show.

Padgett gettò le lattine vuote nella pattumiera, ne prese altre due e ne offrì una a Eric. «Avevo detto ottanta e venti, giusto?»

Eric avvertì una vibrazione sgradevole nell'aria. «Avevi detto sessanta e quaranta.»

Padgett si sporse in avanti e sgranò gli occhi. «E io che ti anticipo l'acquisto? Ragazzo, mi avrai anche salvato la vita, ma cazzo...»

«Ti sto solo ripetendo quello che mi hai detto.»

«Quello che *credi* di aver *sentito*» lo corresse. «Nah, nah. Faremo ottanta e venti. Cosa, ti lascio uscire di qui con un chilo di roba? Senza neanche sapere se ti rivedrò più? È un bel po' di fiducia, ragazzo. Una montagna di fiducia.»

«L'hai detto» intervenne Monica senza staccare gli occhi dalla rivista.

«Sì, faremo ottanta e venti.» Gli occhi allegri di Padgett si fecero piccoli e scontenti. «Intesi?»

«Certo» rispose Eric, sentendosi piccolo, sentendosi bianco. «Certo, Padgett, va benissimo.»

Padgett si aprì in un altro dei suoi sorrisi a cento watt. «Bene. Potrei anche dire novanta e dieci e tu cosa cazzo potresti farci? Dico bene, negretto?»

Eric si strinse nelle spalle e bevve un altro sorso di birra, lo sguardo fisso sul lavello.

«Ho detto: "Dico bene?".»

Si voltò verso il vecchio. «Dici bene, Padgett.»

Questi annuì, toccò la lattina di Eric con la sua e bevve una sorsata.

*Regola Numero Due*, si disse Eric. *Non dimenticarla mai. Nemmeno per un secondo della tua vita.*

Un tizio magro con una vestaglia multicolore di cotone e calzini rossicci entrò in cucina tirando su col naso e premendosi un fazzoletto di carta appallottolato sul labbro superiore. *Jeffrey*, pensò Eric: il fratello minore di Padgett. Il quale un giorno gli aveva detto che *per quanto ne sapesse* Jeffrey aveva ucciso cinque uomini, che per lui ammazzare era facile come farsi una nuotata. Se Jeffrey aveva un'anima, aveva aggiunto, per trovarla avrebbero dovuto organizzare una battuta di ricerca.

Jeffrey aveva gli occhi spenti di una talpa, e li fece scorrere sul volto di Eric. «Come va? Tutto bene?»

«Sì, e tu?»

«Non male.» Jeffrey si tamponò il naso con il fazzoletto di carta. Aspirò rumorosamente dalle narici intasate, aprì un armadietto sopra il lavello e ne prese una bottiglietta di Robitussin. Ne tolse il tappo con uno scatto del pollice, rovesciò la testa all'indietro e scolò metà dello sciroppo.

«Sul serio, come ti senti?» Monica non aveva ancora staccato gli occhi dalla rivista, ma era il primo segno di interesse che mostrava nei riguardi di qualcosa o qualcuno da quando Eric era entrato in quella casa.

«Non bene» rispose Jeffrey. «Il figlio di puttana mi ha beccato e non se ne vuole più andare.»

«Dovresti bere un brodino» disse Monica. «Tenerti addosso una coperta.»

«Sì» annuì Jeffrey. «Hai ragione.» Riavvitò il tappo del Robitussin e rimise la boccetta sullo scaffale.

«Hai parlato col negro?» chiese Padgett.

«Quale negro?»

«Quello che sta sempre davanti al Pic-N-Pay.»

*Regole Numero Tre e Cinque*, si ripeté mentalmente Eric come un mantra. *Tre e Cinque.*

«Ci ho parlato.» Jeffrey tirò di nuovo su col naso, se lo asciugò con il fazzoletto.

«E allora?»

«E allora cosa? È sempre lì, non va da nessuna parte.»

«Non è lui che mi preoccupa. Sono i suoi amici.»

«Amici.» Jeffrey scosse la testa. «Gli amici di quello non sono un problema.»

«In che senso?»

Tossì coprendosi la bocca col dorso della mano, un suono lancinante come di una mannaia che squarciava una distesa di coprimozzi. Si asciugò gli occhi e guardò Eric come se lo vedesse per la prima volta.

E all'improvviso gli lesse in faccia qualcosa di sgradito.

«L'hai perquisito, il ragazzo?» chiese a Padgett.

Questi accantonò la domanda con un andirivieni della mano. «Ma guardalo. Non darà problemi.»

Jeffrey sputò un grumo di catarro nel lavello. «Stai facendo cazzate, vecchio. Perdi colpi.»

«L'ho detto, io» cantilenò Monica con voce stanca, voltando un'altra pagina.

«Ragazzo bianco.» Jeffrey attraversò la cucina. «Ti devo perquisire, amico.»

Eric posò la sua birra sull'angolo dei fornelli e allargò le braccia.

«Cercherò di non passarti il raffreddore.» Jeffrey ficcò il fazzoletto nella tasca della vestaglia. «Non ti conviene beccarlo.» Premette le mani sul petto di Eric, poi sui fianchi, sui testicoli, all'interno delle cosce e delle caviglie. «Ti imbottisce la testa, e ti viene una gola come se c'avessi dentro un gatto che sta cercando di arrampicarsi con le unghie.» Gli palpò il fondoschiena con gesti rapidi ed esperti, tirò su col naso.

«D'accordo, sei pulito.» Si rivolse a Padgett. «Era tanto difficile, vecchio?»

Padgett roteò gli occhi.

Grattandosi la collottola, Eric si chiese in quanti fossero morti in quella casa. Come aveva fatto spesso in prigione, si meravigliò di quanto il peggio della gente potesse essere noioso e banale. La luce sopra la sua testa gli penetrava nella pelle, spargendosi calda nel cervello.

«Dov'è finita la bottiglia?» chiese Jeffrey.

Padgett indicò il gin Seagram sulla mensola sopra il forno.

Jeffrey lo prese, poi afferrò un bicchiere. «Mi sembrava di averti detto di tenerlo nel freezer. Mi piace bere freddo, a me.»

«Dovresti andare a comprarti uno scialle, Jeffrey» ribatté Padgett. «Sei diventato uguale a una vecchietta.»

Continuando a grattarsi il retro del collo, affondando le dita sotto il colletto della camicia e fra le scapole, Eric sentiva girare la stanza attorno a sé. Era accaldato, gli martellava la testa e aveva la bocca secca. Così secca. Come se temesse di non bere mai più fino alla fine dei suoi giorni. Vide la lattina di birra che aveva posato per farsi perquisire da Jeffrey. Pensò di riprenderla, poi decise che non se lo poteva permettere.

«Tutto quello che sento, vecchio, un giorno dopo

l'altro, sei tu che fai andare la bocca. Che la fai andare come non so cosa.»

Padgett scolò la sua Old Mil', schiacciò la lattina e aprì il frigo per prenderne un'altra.

Jeffrey posò la sua lattina sul lato del lavello, si voltò verso Eric ed esclamò «Che *cazzo*?» in un tono di delusa sorpresa nel vederlo riportare la mano davanti a sé, stringendo una piccola .22 con ancora appiccicato alla canna un pezzetto del nastro da imballaggio che gli faceva pizzicare la spina dorsale nel punto da cui l'aveva strappata. Venne colpito appena sotto il pomo d'Adamo, e scivolò a terra con la schiena addossata agli armadietti sotto il lavello.

Il secondo colpo finì sulla parete, sfiorando l'orecchio di Monica; lei portò il braccio sotto il tavolo, chinandosi in avanti e abbassando il mento fra le ginocchia, ed Eric le sparò un colpo in testa. Per circa un secondo si fermò, affascinato dal piccolo foro apparso in cima al cranio della donna, più scuro di qualsiasi cavità avesse visto in vita sua, più scuro dei suoi capelli scurissimi. Poi si girò.

Il proiettile successivo colpì Padgett con violenza, strappandogli la birra di mano, facendolo ruotare su se stesso e mandandolo a sbattere con il fianco e un lato della testa contro il portello del frigorifero.

L'eco degli spari faceva ronzare l'intera stanza.

La pistola nella mano di Eric tremava, ma non troppo, e il dolore martellante alla testa sembrava scomparso.

«Stupido pezzo di merda» disse Padgett, seduto sul pavimento. La sua voce si era fatta acuta, femminile. Al centro della maglietta sporca di sudore c'era un foro da cui il sangue colava e si spandeva.

*Accidenti*, pensò Eric. *Ho appena sparato a tre persone.*

Raccolse la lattina di birra dal pavimento. Ne sollevò la linguetta, spruzzando una gamba del tavolo. La sistemò nella mano di Padgett, osservandola schiumare sul polso e sulle dita. Il viso del vecchio era diventato dello stesso bianco sporco dei capelli. Un fischio lontano gli sorgeva dal profondo del petto. Eric si sedette a terra, e in quel momento il corpo di Monica cadde dalla sedia con un tonfo.

Eric fece scorrere la mano sul bacino carbonifero innevato che era la testa di Padgett. Malgrado il suo stato, il vecchio trasalì leggermente e cercò di ritrarsi. Ma non aveva scampo; Eric gli passò la mano avanti e indietro sui capelli e poi tornò a sedersi all'indietro.

Padgett piantò una mano a terra e provò a tirarsi su. La mano cedette, facendolo ricadere. Il vecchio ci ritentò, allungò il braccio a tentoni verso una sedia finché riuscì a portare la base del palmo sul sedile e si diede una spinta, cacciando fuori la lingua e facendola penzolare sul labbro inferiore. Si tirò su a metà, le ginocchia piegate e tremanti, ma a quel punto la sedia scivolò via e lui ricadde a terra, molto più pesantemente di prima, e lì rimase, traendo brevi respiri dalle labbra arricciate e tenendo lo sguardo abbassato in grembo.

«Che cosa ti ha fatto credere di potermi fregare?» domandò Eric, e le sue labbra gli parvero due elastici di gomma.

Il vecchio traeva i suoi corti respiri, sgranando gli occhi e aprendo la bocca. Stava cercando di dire qualcosa, ma tutto ciò che gli uscì dalle labbra fu *whu, whu, whu.*

Eric addossò la schiena alla parete per prendere la mira. Padgett fissò la bocca della pistola con gli occhi spalancati di un animale in trappola. Eric gli lasciò tutto il tempo di guardare, ma Padgett chiuse gli occhi in attesa del proiettile.

Eric attese.

Quando il vecchio riaprì gli occhi, gli sparò in faccia.

«Regola Numero Sette» disse alzandosi. «Muoversi, muoversi.»

Passò sotto le scale, entrò nella camera da letto sul retro e aprì la porta dell'armadio a muro. Vide la cassaforte. Era alta quasi un metro e larga una sessantina di centimetri, ma grazie alle molte notti trascorse in cella con Padgett Eric sapeva che conteneva soltanto elenchi telefonici. Non era nemmeno fissata al pavimento. La tirò fuori, grugnendo per lo sforzo, ruotandola da una parte e dall'altra fino a farle superare la soglia e parcheggiandola a sinistra della porta. Le tavole del pavimento rimaste scoperte erano graffiate e piene di solchi. Ne sollevò una senza fatica, la gettò alle sue spalle, fece lo stesso con altre quattro e guardò la roba, buste su buste perfettamente sigillate di eroina nera. Le estrasse una per una fino a svuotare il nascondiglio, posandole sul letto. Ce n'erano quattordici.

Si guardò intorno in cerca di una valigia o una borsa da ginnastica, ma non ne trovò e tornò in cucina. Per aprire le ante sotto il lavello dovette passare sopra le gambe di Padgett e la testa di Monica. Trovò una scatola di sacchi della spazzatura, e in quello stesso momento gli tornò in mente che aveva lasciato Jeffrey seduto con la schiena contro quelle stesse ante, in vestaglia e calzini rossicci e con un cazzo di proiettile in gola.

Vide schizzi e chiazze di sangue sui cassetti alla sua sinistra, poi altri sul pavimento, sulla porta e sul montante che davano in corridoio. Erano come grosse falene rosse, e lui le seguì in corridoio, aspettandosi di trovarvi Jeffrey riverso bocconi, morto o in fin di vita.

Ma Jeffrey non c'era. Le falene di sangue risalivano le scale e scomparivano nel buio insieme ai gradini stretti e deformi e alla consunta, sbiadita passatoia. In cima, dal soffitto basso penzolava una nuda lampadina.

Fermo alla base delle scale, Eric udì un respiro stridente. Proveniva dalla destra della lampadina, da una delle stanze al primo piano. Sentì il suono di un cassetto che veniva aperto.

Deglutì, cercando di reprimere una stretta di panico. *Regola Numero Sette, Regola Numero Sette. Non pensare, agisci.* Indietreggiò rapidamente sul portico e afferrò il sacco di carbonella. Match Light. Non c'era bisogno di liquido accelerante. Ormai pensavano a tutto.

Rientrato in corridoio, avanzò lentamente e sbirciò da sotto le scale, osservandole con attenzione e cercando di captare il respiro sfrigolante di una gola squarciata. Quando fu certo che Jeffrey non era in agguato sulle scale o sul pianerottolo, si portò davanti al primo gradino e vi posò il sacco di carbonella.

Impiegò una trentina di secondi ad accendere gli angoli della busta, scottandosi il pollice sulla rotella del suo Bic. Ma poi, tutt'a un tratto, le fiamme presero a danzare. Nel corso degli anni la passatoia doveva aver assorbito una tonnellata di liquore, perché non appena il fuoco arrivò ai bordi del logoro tappetino risalì le scale sui due lati come l'illuminazione di una pista di atterraggio. Sentendo che il monossido di carbonio cominciava a dargli alla testa, Eric indietreggiò. Il fumo era nero, con un tremendo odore di kerosene, ed Eric stava aggirando le fiamme quando un proiettile scavò il pavimento davanti a lui. Un secondo gli sfiorò la testa e si piantò nella porta d'ingresso.

Eric puntò la pistola verso il buio al di là del fuoco e sparò. Gli rispose una fiammata, subito seguita da diverse altre, e le pallottole crivellarono le pareti, facendogliene schizzare le schegge nei capelli.

Si accovacciò rasente il muro. Una lingua di fuoco gli sfiorò l'orecchio, e la spalla della sua camicia s'incendiò. La schiaffeggiò fino a spegnerla, ma ora ad aver preso fuoco era la parete. La parete, le scale, la camera da letto sul lato opposto. Cazzo. L'eroina era in quella stanza, sul letto.

L'intero corridoio era ormai in fiamme, e le nuvole di fumo nero facevano bruciare gli occhi e i polmoni. Eric sparò a Jeffrey mentre questi superava con un balzo la balaustra delle scale e scendeva attraverso l'incendio, armato di un'inutile 9mm. Lo colpì ancora quando atterrò in corridoio, facendolo cadere all'indietro nel fuoco, la mano sulla gola squarciata, la vestaglia guizzante di fiamme.

Cercò di nuovo di aggirare l'incendio, ma capì che era impossibile. Le fiamme erano ovunque. E dove non erano ancora arrivate, la casa era nera di fumo.

*Stupido*, si disse. *Eric, sei uno stupido. Stupido, stupido, stupido.*

Ma non quanto i tre stronzi stecchiti che si stava lasciando dietro.

Uscì dalla porta e ripercorse il malconcio sentiero di pietra con i suoi alberi sgocciolanti e ticchettanti, salì in macchina e si allontanò sulla strada sterrata. Svoltò su un'altra strada dall'asfaltatura crepata e sbriciolata, e si chiese come diavolo facesse quella gente a vivere in un quartiere così di merda. *Lavorate, cazzoni*, si disse. *Piantatela col crack. Mostrate un minimo di autorispetto, perché altrimenti non siete meglio dei criceti. Criceti squittenti nella loro merdosa gabbietta.*

Anche se il suo piano avesse avuto successo, anche se fosse riemerso da quella casa con qualche chilo di eroina nera, non c'era alcuna garanzia che sarebbe riuscito a piazzarla. A chi l'avrebbe venduta? A Boston non conosceva nessuno in grado di muovere una simile quantità di roba, e anche se gli avessero presentato qualcuno, probabilmente quel qualcuno l'avrebbe fregato. E già che c'era l'avrebbe fatto fuori per evitare che si vendicasse.

Sicché forse era meglio così, anche se adesso sarebbe tornato a casa senza soldi e senza una fonte di guadagno. Non che non l'avrebbe *trovato*, un modo di far soldi, se avesse tenuto gli occhi aperti e fosse stato in campana. L'aspetto positivo di East Buckingham era che c'era sempre una tale quantità di soldi sporchi che entrava e usciva dal quartiere, cifre superiori a qualsiasi legittimo salario, che un uomo intelligente non doveva fare altro che avere pazienza.

Eric sfilò di tasca le sue regole, spiegò il foglio con una mano sola e se lo sistemò in piedi sulla coscia per leggerlo mentre guidava. L'abitacolo dell'auto era buio, ma lui le conosceva a memoria, quelle regole, tanto che in realtà non aveva bisogno di leggerle; semplicemente gli piaceva quello che rappresentavano, lì in bilico sulla sua gamba. Scritte con la sua calligrafia, tracciate con cura, lettera per lettera...

1. Non fidarti mai di un detenuto.
2. Non ti vuole bene nessuno.
3. Spara per primo.
4. Lavati i denti tre volte al giorno.
5. Loro lo farebbero a te.
6. Fatti sempre pagare.
7. Sii veloce.
8. Mostrati sempre ragionevole.
9. Prenditi un cane.

Alla ferrovia svoltò a sinistra e vide davanti a sé le luci del 7-Eleven, pensando che il viaggio di andata era sembrato due volte più lungo di quello di ritorno, pensando a quanto era strano che fosse spesso così, e a un tratto gli venne in mente Nadia.

*Chissà che combina di questi tempi*, si chiese.

# 9

## Sostegno

Era dalla rapina che non vedevano Rardy. Sapevano che era stato dimesso dall'ospedale il giorno dopo, ma poi si era volatilizzato. Una mattina ne stavano parlando nel bar vuoto, con metà delle sedie ancora rovesciate sui tavoli e sul banco.

«Non è da lui» disse Cousin Marv.

Bob aveva aperto il giornale sul banco davanti a sé. Era ufficiale: l'arcidiocesi aveva annunciato la chiusura della chiesa di Saint Dominic a East Buckingham, chiusura che il cardinale aveva definito "imminente".

«È già capitato che saltasse qualche giorno» osservò.

«Non di seguito, non senza avvertire» obiettò Cousin Marv.

Sul giornale c'erano due foto di Saint Dom, una fatta di recente, l'altra risalente a cento anni prima. Sovrastata dallo stesso cielo. Ma nessuno che si fosse trovato sotto il primo cielo era ancora in vita per il secondo. E forse erano lieti di non essersi dovuti trattenere in un mondo così irriconoscibile rispetto a quello in cui avevano fatto ingresso. Quando Bob era piccolo, la tua parrocchia era il tuo paese. Conteneva tutto quello di cui avevi bisogno e che avevi bisogno di sapere. Ora che l'arcidiocesi aveva chiuso metà delle parrocchie per pagare i crimini dei preti molestatori di bambini, Bob non poteva sottrarsi alla realtà, e cioè che dopo una lunga agonia i tempi del dominio delle parrocchie erano ormai finiti. Lui era un certo tipo di persona, appartenente a una certa semi-generazione, una quasi-generazione, e pur essendocene ancora molti come lui erano tutti più vecchi, più grigi, tossivano per le troppe sigarette, entravano in ospedale per fare qualche esame e non ne uscivano più.

«Non lo so» stava dicendo Marv. «Questa storia di Rardy mi preoccupa, lascia che te lo dica. Voglio dire, già mi hanno preso di mira...»

«Nessuno ti ha *preso di mira*» replicò Bob.

«E l'uomo in macchina di cui ti ho detto?» protestò Cousin Marv.

«Ti ha chiesto indicazioni.»

«Ma è stato il modo in cui l'ha fatto, l'occhiata che mi ha dato. E il tizio dell'ombrello?»

«Quello ha a che fare col cane» lo corresse Bob.

«"Il cane"» ripeté Cousin Marv. «Come fai a saperlo?»

Bob spostò lo sguardo sulle sezioni del bar immerse nel buio e si sentì circondato dalla morte, un effetto collaterale, immaginava, della rapina e del poveraccio sul retro del furgone. Le ombre divennero letti d'ospedale, vecchi ricurvi intenti a scegliere biglietti d'auguri di pronta guarigione, carrozzelle vuote.

«Rardy è solo malato» disse alla fine. «Tornerà.»

Ma un paio d'ore dopo, mentre Marv al banco serviva i bevitori incalliti, Bob si recò a piedi a casa di Rardy, un appartamento al primo piano schiacciato fra altri due in una logora villetta a tre piani su Perceval.

Si sedette in salotto con Moira, la moglie di Rardy. Un tempo era molto graziosa, Moira, ma una vita con Rardy e un figlio affetto da un qualche disturbo di apprendimento le avevano succhiato via la bellezza come zucchero con una cannuccia.

«Non lo vedo da giorni» disse lei.

«Da giorni, eh?» ripeté Bob.

Moira annuì. «Beve molto più di quanto dia a vedere.»

Bob si sporse in avanti, rivelando tutta la sua sorpresa.

«Lo so» riprese lei. «Lo nasconde bene, ma comincia con i sorsetti appena sveglio la mattina.»

«L'ho visto farsi *un* drink» disse Bob.

«Hai presente le bottigliette che ti danno in aereo?» spiegò Moira. «Se le tiene nel giaccone. Sicché non lo so, al momento potrebbe essere coi suoi fratelli o con i vecchi amici di Turtle Park.»

«Quand'è stata l'ultima volta?»

«Che l'ho visto? Un paio di giorni fa. Ma lo stronzo me l'ha già fatto, questo scherzo.»

«Hai provato a chiamarlo?»

Sospirò. «Non risponde al cellulare.»

Il bambino apparve sulla soglia del salotto, ancora in pigiama alle tre del pomeriggio. Patrick Dugan, nove o dieci anni, Bob non ricordava bene. Patrick lo guardò con aria vacua, anche se si erano visti un centinaio di volte, poi si volse verso sua madre, irrequieto, facendo sobbalzare le spalle ossute.

«Avevi detto...» le disse «ho bisogno d'aiuto.»

«Va bene. Fammi finire di parlare con Bob.»

«Avevi detto, avevi detto, avevi detto. Ho bisogno d'aiuto. Ho bisogno.»

«Tesoro?» Moira chiuse gli occhi per un breve istante, poi li riaprì. «Ti ho detto che vengo, e lo farò. Ma fammi vedere quello di cui abbiamo parlato, che ce la puoi fare da solo per un altro paio di minuti.»

«Ma tu avevi detto.» Patrick spostò il peso da un piede all'altro nel vano della porta. «Avevi detto.»

«Patrick.» Il tono era quello di un avvertimento.

Il ragazzo liberò un ululato, il suo viso uno sgradevole miscuglio di furia e terrore. Era un verso primordiale, un verso da zoo, un lamento rivolto a dei manchevoli. Il volto gli si tinse di rosso come se si fosse ustionato al sole, i tendini spiccarono dal collo. E l'urlo proseguì senza sosta. Bob abbassò gli occhi a terra, li spostò fuori dalla finestra, cercò di comportarsi con naturalezza. Moira sembrava semplicemente stanca.

Poi il bambino chiuse la bocca di scatto e corse via in corridoio. Moira scartò una striscia di gomma da masticare e se la mise in bocca.

Offrì la confezione a Bob, lui la ringraziò prendendone una e per un po' rimasero in silenzio a masticare.

Poi Moira indicò con il pollice il punto in cui era apparso suo figlio. «Rardy direbbe che è quello il motivo per cui beve. Ci hanno detto che Patrick soffre di sindrome da deficit di attenzione e iperattività, oppure di disturbo da deficit di attenzione, oppure di entrambi. O magari di dissoqualcosa cognitiva. Mia madre dice che è semplicemente un rompiballe. Non lo so. È mio figlio.»

«Certo» disse Bob.

«Tu stai bene?»

«Io?» Bob si rilassò leggermente sul divano. «Sì, perché?»

«Sembri diverso.»

«Diverso come?»

Alzandosi, Moira si strinse nelle spalle. «Non so, più alto o qualcosa. Se vedi Rardy, digli che abbiamo bisogno di detergenti e detersivo.»

Andò da suo figlio, e Bob tolse da solo il disturbo.

Nadia e Bob erano seduti sull'altalena del campo giochi deserto del Pen' Park. Rocco giaceva nella sabbia ai loro piedi con una palla da tennis in bocca. Bob sbirciò la cicatrice sul collo di Nadia, e lei lo sorprese l'istante in cui distoglieva lo sguardo.

«Non mi hai mai domandato niente. L'unica persona che conosca che non me l'ha chiesto nei primi cinque minuti.»

«Non è affar mio» disse Bob. «Riguarda solo te.»

«Ma da dove vieni?» chiese lei.

Bob si guardò intorno. «Da queste parti.»

«No, voglio dire, da quale pianeta?»

Bob sorrise e scosse il capo. Finalmente aveva capito cosa intendeva la gente quando diceva di sentirsi "al settimo cielo". Era più o meno così che lei lo faceva sentire, da lontano, nella sua mente o, come adesso, seduti abbastanza vicino da potersi toccare (anche se non l'avevano mai fatto): al settimo cielo.

«Una volta,» disse «quando doveva telefonare in pubblico, la gente entrava in una cabina e si chiudeva dietro la porta. O parlava sottovoce. Adesso, invece? La gente parla, che ne so, dei suoi movimenti di pancia in diretta, mentre li sta avendo in un bagno pubblico. Non capisco.»

Nadia scoppiò a ridere.

«Cosa?»

«Niente, no.» La donna levò una mano a chiedere scusa. «È solo che non ti avevo mai visto arrabbiato. E non sono neanche sicura di aver capito. Che c'entrano i telefoni pubblici con la mia cicatrice?»

«Nessuno» disse Bob «ha più rispetto per la riservatezza. Ognuno vuole raccontarti ogni singola cazzata che gli succede. Scusami, mi dispiace. Non avrei dovuto dire quella parola davanti a una signora.»

Il sorriso di Nadia si fece ancora più ampio. «Prosegui.»

Bob si portò una mano all'orecchio, rendendosene conto soltanto alla fine. La riabbassò. «Vogliono tutti dirti qualcosa di se stessi, qualsiasi cosa o tutto quanto, e non fanno che parlare, parlare, parlare. Ma quando si tratta di farti *vedere* chi sono, hanno poca roba da mostrare. E difettosa. E tentano di nasconderlo continuando a parlare, cercando di spiegare quello che non si può spiegare. E proseguono dicendo stronzate su qualcun altro. Capisci?»

Il gran sorriso di lei si era ridotto, diventando curioso e al tempo stesso indecifrabile. «Non ne sono sicura.»

Bob si sorprese a umettarsi il labbro superiore, un vecchio tic nervoso. Voleva che Nadia capisse. Aveva bisogno che capisse. Da che ne aveva memoria non aveva mai desiderato tanto una cosa.

«Quella cicatrice?» riprese. «È una cosa tua. Me ne

parlerai quando me ne parlerai. Oppure no. Comunque sia...»

Spostò lo sguardo sul canale. Nadia gli diede un colpetto sulla mano, poi prese a fissare il canale anche lei, e per qualche minuto rimasero così.

Prima di recarsi al lavoro, Bob passò da Saint Dom, si sedette in una panca nella chiesa deserta e la percorse con gli occhi.

Padre Regan uscì sull'altare dalla sagrestia. Indossava abiti secolari, anche se i pantaloni erano neri. Per qualche secondo osservò Bob.

«È vero?» chiese questi.

Padre Regan attraversò la navata centrale e si sedette sulla panca davanti. Si voltò e lasciò penzolare il braccio sullo schienale. «Sì, la diocesi crede che potremo svolgere meglio la nostra missione pastorale unendoci a Saint Cecilia.»

«Ma venderanno *questa* chiesa» disse Bob indicando la sua panca.

«Sì, la chiesa e la scuola verranno vendute» rispose padre Regan.

Bob levò gli occhi agli alti soffitti. Era da quando aveva tre anni che li guardava. Non conosceva i soffitti di nessun'altra chiesa. E avrebbe dovuto essere così fino al giorno della sua morte. Com'era stato per suo padre, e per il padre di suo padre. Certe cose, poche, rare cose, sarebbero dovute restare com'erano sempre state.

«E lei?» domandò.

«Non sono ancora stato riassegnato» rispose padre Regan.

«Proteggono i molestatori di bambini e i fetenti che li hanno coperti ma non sanno decidere cosa fare di lei? Cazzo, che cime.»

Il prete lo guardò come se non fosse sicuro di aver mai conosciuto *questo* Bob. E forse era vero.

«Tutto bene, per il resto?» si informò.

«Certo.» Bob guardò i transetti. Non per la prima volta si chiese come potessero avere i mezzi per costruirli nel lontano 1878, o se era per questo nel 1078. «Sì, sì, sì.»

«Ho saputo che ha fatto amicizia con Nadia Dunn» disse padre Regan.

Bob lo guardò.

«In passato ha avuto qualche problema» spiegò questi picchiettando leggermente la mano sullo schienale della panca. Il gesto si trasformò in una carezza distratta. «Alcuni direbbero che è *lei* a essere problematica.»

La chiesa torreggiava silenziosa su di loro, battendo come un terzo cuore.

«Lei ha amici?» chiese Bob.

Padre Regan inarcò le sopracciglia. «Certo.»

«Non parlo di altri preti. Intendo amici, ha presente, gente che frequenta.»

Annuì. «Sì, Bob, ne ho.»

«Io non ne ho» disse Bob. «O meglio, non ne avevo.» Si guardò ancora intorno. Rivolse un sorriso a padre Regan. Poi disse «Dio la benedica» e uscì dalla panca.

«Dio la benedica» ripeté padre Regan.

Prima di uscire dalla chiesa, Bob si fermò al fonte battesimale e si fece il segno della croce. Rimase lì qualche istante a capo chino, poi si segnò di nuovo e uscì dalla porta centrale.

# 10

## Chi è santo

Cousin Marv fumava sulla soglia dell'uscita posteriore mentre Bob recuperava i bidoni della spazzatura svuotati durante la notte. Come sempre i netturbini li avevano sparsi per tutto il vicolo, e Bob fu costretto a fare un po' di strada per raccoglierli.

«Sarebbe troppo, rimetterli dove li hanno trovati» commentò Cousin Marv. «Richiederebbe un minimo di cortesia.»

Bob impilò due contenitori di plastica e li riportò lungo il muro posteriore. Addossato alla parete, fra i bidoni e una trappola per topi, vide un sacco nero della spazzatura del tipo rinforzato che si usava nei cantieri edili. Non l'aveva lasciato lui. Conosceva a sufficienza le attività commerciali sui due lati del bar, Nails Saigon e lo studio del dottor Sanjeev K. Seth, da sapere che aspetto avevano i loro rifiuti, e quel sacco era diverso. Per il momento lo lasciò perdere e andò a recuperare l'ultimo bidone nel vicolo.

«Se solo sganciassi i soldi per un cassonetto...» disse.

«E perché dovrei?» ribatté Cousin Marv. «Il bar

non è più mio, ricordi? "Sganciare i soldi per un casso-netto." Chovka non ha preso il tuo, di locale.»

«Sono passati dieci anni» osservò Bob.

«Otto e mezzo» precisò Cousin Marv.

Bob trascinò l'ultimo bidone contro il muro. Si riavvicinò al sacco nero. Era uno di quelli da 170 litri, ma non era pieno. Il suo contenuto non era volumi-noso ma sporgeva sui lati, sicché doveva essere lungo da trenta a quarantacinque centimetri. Un pezzo di tubatura, forse, oppure uno di quei cilindri di cartone nei quali venivano infilati i manifesti.

«Dottie pensa che dovremmo fare un giro in Europa» riprese Marv. «Ecco cosa sono diventato, uno che va in Europa con sua sorella, che monta su quei cazzo di pullman con una macchina fotografica al collo.»

Bob si portò sopra il sacco. Era annodato in cima, ma in modo così approssimativo che sarebbe bastato tirarne leggermente un'estremità per farlo schiudere come una rosa.

«Ai bei tempi» proseguì Cousin Marv «se volevo fare un viaggio ci portavo Brenda Mulligan, o Cheryl Hodge, o... o... ricordi Jillian?»

Bob fece un altro passo avanti. Era ormai così vicino al sacco che l'unico modo di ridurre ulteriormente le distanze sarebbe stato entrarci dentro. «Jillian Wain-grove. Era carina.»

«Era una gran figa. Siamo usciti insieme tutta quell'estate, andavamo sempre in quel bar all'aperto di Marina Bay. Come si chiamava?»

«Il Tent» si sentì rispondere Bob mentre apriva il sacco e vi sbirciava dentro. I polmoni gli si riempirono di piombo e la testa di elio. Girò la faccia per un istante e sentì il vicolo inclinarsi violentemente verso destra.

«Il Tent» ripeté Marv. «Giusto, giusto. È ancora lì?»

«Sì» disse automaticamente Bob, e la sua voce gli giunse alle orecchie come se provenisse da una galleria. «Ma adesso ha un altro nome.»

Si voltò verso Marv, lasciò che glielo leggesse negli occhi.

Cousin Marv lanciò la sigaretta nel vicolo. «Che c'è?»

Bob restò dov'era, con i lembi del sacco ancora in mano. Dall'interno si levava un tanfo di decomposizione, un odore simile a quello dei resti crudi di un pollo lasciati troppo al sole.

Cousin Marv guardò il sacco, poi di nuovo Bob. Non si mosse dalla soglia.

«Dovresti...» fece Bob.

«No» lo interruppe Marv.

«Come?» chiese Bob.

«Non devo fare un bel niente, okay?» sbottò Cousin Marv. «Non mi muovo di qui. Non mi muovo di qui perché...»

«Dovresti vedere...»

«Non devo vedere un beato cazzo, capito? Non devo vedere l'Europa, o la Thailandia, o quello che c'è in quel sacco di merda. Non mi muovo di qui.»

«Marv.»

Scosse la testa con forza, come un bambino.

Bob attese.

Improvvisamente imbarazzato, Cousin Marv si

asciugò gli occhi. «Una volta eravamo una banda. Ti ricordi? La gente ci temeva.»

«Sì» disse Bob.

Marv si accese un'altra sigaretta. Si mosse verso il sacco con la stessa cautela con cui si sarebbe avvicinato a un procione intrappolato in un angolo della cantina.

Raggiunse Bob. Sbirciò all'interno del sacco.

Un avambraccio, mozzato appena sotto il gomito, giaceva su una piccola pila di banconote insanguinate. Al polso portava un orologio fermo sulle sei e un quarto.

Cousin Marv espirò lentamente, smettendo soltanto quando non ebbe più fiato nei polmoni.

«Be', questo è proprio...» disse. «Insomma...»

«Lo so.»

«È...»

«Lo so» ripeté Bob.

«È osceno.»

Annuì. «Dobbiamo fare qualcosa.»

«Con i soldi?» chiese Cousin Marv. «O con il...»

«Scommetto che i soldi corrispondono al bottino della rapina.»

«Okay, allora...»

«Allora glieli restituiamo» disse Bob. «È ciò che si aspettano.»

«E quello?» Marv indicò il braccio. «*Quello?*»

«Non possiamo lasciarlo qui. Ci attirerebbe addosso lo sbirro.»

«Ma noi non abbiamo fatto niente.»

«Non questa volta» disse Bob. «Ma come credi che reagirebbero Chovka o Papà Umarov se la polizia cominciasse a interessarsi a noi?»

«Giusto» convenne Marv. «Certo, certo.»

«Ho bisogno che ti concentri, Marv.»

Batté le palpebre. «Hai bisogno che *io* mi concentri?»

«Proprio così» disse Bob rientrando con il sacco.

Nel cucinino, accanto alla griglia a quattro fuochi e alla friggitrice, c'era il banco attrezzato su cui preparavano i panini. Bob vi stese un foglio di carta cerata. Staccò un pezzo di pellicola trasparente dal portarotoli appena sopra. Raccolse il braccio dal lavello in cui l'aveva sciacquato e lo avvolse nella plastica. Quando lo ebbe sigillato, lo posò sulla carta cerata.

Marv osservava la scena dalla soglia con un'espressione disgustata sul volto affranto.

«Manco l'avessi già fatto migliaia di volte» commentò.

Bob gli scoccò un'occhiataccia, e lui batté le palpebre e abbassò lo sguardo a terra.

«Ti sei chiesto se forse, se tu non avessi nominato l'orologio...» disse.

«No» ribatté Bob in tono leggermente più secco di quanto avrebbe voluto. «Non me lo sono chiesto.»

«Be', io sì» disse Cousin Marv.

Bob assicurò i lembi della carta cerata con del nastro adesivo; ora il braccio poteva passare per una costosa stecca da biliardo o per un panino lungo trenta centimetri. Bob lo ripose in una borsa da ginnastica.

Lui e Marv uscirono dalla cucina, passarono nel locale e vi trovarono Eric Deeds seduto al bar con le mani sul banco come un qualsiasi avventore in attesa di un drink.

Nessuno dei due si fermò.

«Siamo chiusi» disse Cousin Marv.

«Potrei avere una Zima?» chiese Eric.

«Dove siamo, in una sitcom del '96?» ribatté Marv.

Lui e Bob si portarono dietro il banco e guardarono Deeds.

Questi si alzò. «La porta era aperta, pensavo...»

Marv e Bob si scambiarono un'occhiata.

«Senza offesa,» disse Cousin Marv «ma levati dai coglioni.»

«Niente Zima, sicuri?» Eric raggiunse la porta. «Lieto di averti rivisto, Bob.» Fece un cenno di saluto. «I miei ossequi a Nadia, fratello.»

Uscì dal locale, e Marv corse alla porta e fece scattare il chiavistello.

«Stiamo lì a palleggiarci il pezzo mancante del Monco e la porta del bar è aperta?» disse.

«Be', non è successo niente» osservò Bob.

«Ma poteva succedere.» Marv trasse un respiro. «Lo conosci, quel ragazzo?»

«È il tizio di cui ti ho parlato» disse Bob.

«Il tizio che sostiene che il cane è suo?»

«Sì.»

«È fuori di zucca, quello.»

«Lo conosci?»

Cousin Marv annuì. «È uno di Mayhew Street. Parrocchia di Saint Cecilia. Tu sei un tipo vecchia scuola, chi non è della tua parrocchia è come fosse fiammingo o roba simile. Ma quel ragazzo è un pezzo di merda. È stato al fresco un paio di volte, se ricordo bene si è fatto anche trenta giorni di manicomio. L'intera famiglia Deeds avrebbe dovuto essere rinchiusa una generazione fa. Gira voce che sia stato lui a far fuori Glory Days.»

«Sì, l'ho sentito dire» annuì Bob.

«Che l'abbia disperso dal pianeta terra. È quello che si dice.»

«Be'...» fece Bob; poi, non avendo altro da aggiungere, prese la borsa da ginnastica e uscì dalla porta di servizio.

Quando se ne fu andato, Marv riempì il lavello del bar con le banconote insanguinate. Poi premette il tasto dell'acqua tonica sulla pistola delle bibite e cominciò a spruzzarle.

Si fermò. Fissò tutto quel sangue annacquato.

«Animali» sussurrò chiudendo gli occhi per non vederlo. «Maledetti selvaggi.»

Al Pen' Park, Bob lanciò un pezzo di legno e Rocco partì all'inseguimento sul vialetto. Lo riportò e lo posò a terra davanti a Bob, che lo lanciò di nuovo con tutte le sue forze. Poi, mentre Rocco correva sul vialetto, infilò la mano nella borsa da ginnastica e ne pescò il braccio impacchettato. Ruotò verso il canale e lo fece partire come un tomahawk. Lo osservò tracciare un arco girando su se stesso fino a raggiungere lo zenit nel cielo e precipitare rapidamente, finendo nel mezzo del canale con uno spruzzo più grosso del previsto. E più rumoroso. Talmente rumoroso che Bob si aspettava di veder inchiodare le auto che percorrevano la strada sulla riva opposta. Ma nessuno si fermò.

Rocco tornò con il legnetto.

«Bravo» disse Bob.

Lo lanciò di nuovo, lo vide rimbalzare sull'asfalto e uscire dal vialetto. Rocco si proiettò nel parco a grandi balzi.

Bob udì un suono di pneumatici alle sue spalle. Si voltò, aspettandosi di vedere uno dei camioncini degli sceriffi del parco, ma si accorse che era il detective Torres al volante della sua auto. Non sapeva se avesse visto qualcosa. La vettura si fermò e Torres ne scese e gli si avvicinò.

«Ehilà, Mr Saginowski» disse. Fece guizzare gli occhi sulla borsa da ginnastica vuota ai piedi di Bob. «Non li abbiamo ancora presi.»

Bob lo fissò senza capire.

«I due che hanno rapinato il vostro bar.»

«Ah.»

Torres scoppiò a ridere. «Se ne ricorda, giusto?»

«Certo.»

«Oppure avete avuto una tale quantità di rapine che ormai si confondono fra loro?»

Rocco si avvicinò di corsa e lasciò cadere il legnetto, ansimando. Bob lo lanciò di nuovo e il cane ripartì.

«No» disse Bob. «Me ne ricordo.»

«Bravo. Be', non li abbiamo ancora trovati.»

«Lo immaginavo.»

«Immaginava che non avremmo fatto il nostro lavoro?» chiese Torres.

«No» rispose Bob. «Ho sempre sentito dire che i rapinatori sono difficili da arrestare.»

«Sicché il mio è un lavoro inutile, è questo che sta dicendo» controbatté Torres.

Intuendo che non c'era modo di uscire vincenti da quella conversazione, Bob si chiuse a riccio.

«Che c'è in quella borsa?» domandò Torres dopo qualche istante di silenzio.

«Ci tengo i guinzagli, le palline, i sacchetti per la cacca e tutto il resto.»

«È vuota» osservò Torres.

«Ho usato l'ultimo sacchetto e ho perso una pallina.»

Rocco si riavvicinò trotterellando e lasciò cadere il legnetto. Bob lo lanciò, facendolo ripartire.

«Richie Whelan» disse Torres.

«Che cosa vuole sapere?» chiese Bob.

«Se lo ricorda?»

«La settimana scorsa i suoi amici sono venuti al bar per celebrare l'anniversario.»

«Quale anniversario?» domandò Torres.

«L'ultima volta che qualcuno l'ha visto» rispose Bob.

«Al vostro bar» disse Torres.

«Sì, appena prima che se ne andasse. A comprare dell'erba, a quanto si è sempre detto.»

Annuì. «Conosce un certo Eric Deeds? Capelli biondi?»

«Non saprei» disse Bob. «È possibile, ma il nome non mi dice niente.»

«A quanto pare, quel giorno aveva avuto uno scambio di opinioni con Whelan.»

Bob fece un sorrisetto disarmato e lo accompagnò con una scrollata di spalle.

Torres annuì e scalciò un sassolino con la punta della scarpa. «"Chi è santo, si avvicini."»

«Chiedo scusa?» disse Bob.

«È la posizione della Chiesa su chi può ricevere la comunione. Se sei in stato di grazia, accomodati. Se non lo sei, pentiti *e poi* accomodati. Ma lei insiste a non prendere il sacramento. Si è scordato di pentirsi per qualcosa, Mr Saginowski?»

Bob non rispose. Lanciò un'altra volta il legno per Rocco.

«Vede, io faccio cazzate quasi ogni giorno» riprese Torres. «È un cammino difficile. Ma a fine giornata mi confesso. È meglio della terapia o degli Alcolisti Anonimi. Vuoti il sacco a Dio e la mattina dopo Lo ricevi nella Santa Comunione. Lei invece niente.»

Rocco riportò il legnetto, ma questa volta fu Torres a raccoglierlo. Lo tenne in mano a lungo, finché Rocco non cominciò a gemere. Era un verso acuto che Bob non aveva mai sentito. D'altra parte, non era sua abitudine tormentare il proprio cane. Giusto quando stava per strappare il legno di mano a Torres, questi lo sollevò dietro la schiena e lo lasciò partire. Rocco si lanciò all'inseguimento.

«Una sincera penitenza, Mr Saginowski» disse Torres. «Dovrebbe prenderla in considerazione. Gran bel cane.»

E se ne andò.

# 11

## Muoiono tutti

Dopo che Torres si fu allontanato Bob proseguì a passeggiare per il parco, ma quando lui e Rocco raggiunsero l'auto ricordava già ben poco di ciò che aveva visto. Era talmente stordito che non era sicuro di poter guidare, e così si trattenne accanto alla vettura con il cane e guardò il severo cielo invernale, il sole intrappolato dietro un muro di grigio spesso come un tessuto di spugna. Di lì a qualche mese, se il braccio fosse tornato a galla da quelle parti, Torres avrebbe capito il collegamento? Avrebbe cercato di incastrarlo?

*Lo sta già facendo adesso.*

Bob trasse un lungo respiro, lo trattenne e poi espirò. Questa volta non sentì girare la testa o scoppiettare l'aria davanti al viso.

Si disse che sarebbe andato tutto bene.

Tutto bene.

Salì in macchina, si guardò nello specchietto della visiera e lo ripeté a voce alta. «Andrà tutto bene.»

Non che ci credesse, ma cos'altro poteva fare?

Rientrò nel distretto di Saint Dom e si fermò davanti

a casa per lasciare giù Rocco. Stavano scendendo dalla vettura quando Nadia emerse dalla porta.

«Ero venuta a portarlo fuori» disse. «Ero in pensiero. Il tuo cellulare è acceso?»

Bob lo controllò. «È in vibrazione. Non l'ho sentito.»

«Ti ho chiamato un sacco di volte.»

Il suo display riportava la scritta *Chiamata persa Nadia (6)*. «Lo vedo.»

Lei inclinò leggermente la testa. «Credevo che oggi pomeriggio lavorassi.»

«Lo sto facendo, solo che... Insomma, è una storia troppo lunga. Ma avrei dovuto chiamarti. Scusami.»

«Oh, no, no, non c'è problema.»

Bob salì sul portico con Rocco, che si rotolò sulla schiena ai piedi di Nadia. Lei prese a grattargli il petto.

«Conosci un certo Eric Deeds?» chiese Bob.

Nadia non rialzò la testa e continuò a grattare Rocco. «Non lo *conosco* nel vero senso della parola, ma sì, lo conosco. Hai presente, l'ho visto in giro.»

«Da quello che ha detto, credevo che tu...»

«Che io cosa?»

«Niente, no. Non so cosa mi...»

Lei lo guardò. Lo guardò con qualcosa negli occhi che lui non aveva mai visto. Qualcosa che gli suggeriva di girare i tacchi e volatilizzarsi al più presto.

«Perché mi stai rompendo con 'sta storia?»

«Come? Ti ho solo fatto una domanda.»

«Stavi insinuando.»

«Non è vero.»

«E adesso discuti solo per discutere.»

«Non è vero.»

Nadia si rialzò. «Vedi? Non ho bisogno di queste stronzate, okay?»

«Aspetta» disse Bob. «Che sta succedendo?»

«Credi di potermi maltrattare a piacimento? Credi di aver trovato un *punching ball* da tempestare di pugni con la tua manona?»

«Cosa?!» esclamò Bob. «Gesù, no.»

Lei fece per aggirarlo, Bob allungò la mano per fermarla e poi ci ripensò. Ma era già troppo tardi.

«Non mi *toccare*, cazzo.»

Fece un passo indietro. Nadia gli puntò un dito in faccia, poi scese rapidamente le scale.

Giunta sul marciapiede lo guardò. «Stronzo» disse, gli occhi traboccanti di lacrime.

E se ne andò.

Bob rimase immobile, senza avere la minima idea di come avesse fatto a combinare un tale casino.

Rientrato al bar, Bob trascorse un'ora sul retro con il denaro bagnato e un asciugacapelli. Quando riemerse il locale era ancora semivuoto; c'era solo qualche vecchio che sorseggiava rye a buon mercato nella zona più vicina alla porta. Cousin Marv e Bob erano all'estremità opposta.

«Le ho fatto una semplice domanda e all'improvviso è andato tutto storto» disse Bob.

«Regala a una donna il diamante Hope e lei si lamenterà del peso» osservò Marv. Voltò una pagina del giornale. «Sicuro che non abbia visto niente?»

«Torres?» chiese Bob. «Sicurissimo.» Ma non lo era affatto.

La porta del locale si aprì e Chovka entrò seguito da Anwar. Superarono i tre vecchi, raggiunsero il banco e scostarono due sgabelli davanti a Cousin Marv e a Bob. Si sedettero. Piantarono i gomiti sul banco. Attesero.

Senza bisogno di scambiarsi una parola, i tre vecchi, Pokaski, Limone e Imbruglia, abbandonarono all'unisono i loro sgabelli e si allontanarono verso il biliardo.

Cousin Marv passò lo straccio sul banco accanto a Chovka malgrado lo avesse già fatto un minuto prima che i ceceni facessero ingresso nel bar. «Ehilà.»

Chovka lo ignorò. Rivolse un'occhiata ad Anwar, poi entrambi guardarono Marv e Bob. Chovka infilò una mano nella tasca interna del giaccone, Anwar fece lo stesso. Le mani riemersero e posarono sigarette e accendini sul banco.

Bob vi rovistò sotto e pescò il posacenere che conservava per Millie. Lo posò fra i due, che si accesero le loro sigarette.

«Bevi qualcosa, Chovka?» chiese Bob.

Chovka aspirò una boccata. Anwar aspirò una boccata.

«Marv» disse Bob.

«Cosa?» rispose Cousin Marv.

«Anwar beve Stella» spiegò Bob.

Marv andò alla ghiacciaia delle birre. Bob prese una bottiglia di whiskey irlandese Midleton dal ripiano più alto, ne versò una dose generosa e mise il bicchiere davanti a Chovka. Marv tornò con una Stella Artois e la posò di fronte ad Anwar. Bob prese un sottobicchiere e lo sistemò sotto la birra. Poi tirò fuori una busta marroncina da sotto la cassa e la fece scivolare sul banco.

«Le banconote sono ancora umide, per questo le ho infilate in una busta Ziploc» spiegò. «Ma ci sono tutte.»

«Una busta Ziploc» ripeté Chovka.

Bob annuì. «Avrei voluto metterle in un'asciugatrice, ma qui non ne abbiamo. Ho fatto del mio meglio con un phon. Ma se le spargete su un tavolo, domani mattina dovrebbero essere bell'e che asciutte.»

«Come hanno fatto a bagnarsi?»

«Abbiamo dovuto lavarle» disse.

«Erano sporche di qualcosa?» Lo sguardo di Chovka era fermissimo.

«Sì» disse Bob.

Chovka studiò il drink che gli era stato servito. «Non è lo stesso dell'ultima volta.»

«Quello era un Bowmore diciott'anni» spiegò Bob. «Hai detto che sapeva di cognac. Credo che questo ti piacerà di più.»

Chovka levò il drink alla luce. Lo annusò. Guardò Bob. Si portò il bicchiere alle labbra e ne bevve un sorso. Lo riabbassò sul banco. «Moriamo.»

«Scusa?» fece Bob.

«Tutti» riprese Chovka. «Moriamo tutti. E succede in così tanti modi. Anwar, tu hai conosciuto tuo nonno?»

Anwar si scolò mezza Stella in una sola sorsata. «No. È morto da un pezzo.»

«Bob,» insisté Chovka «tuo nonno è ancora vivo? Paterno o materno?»

«Nossignore.»

«Ma hanno vissuto entrambi vite piene?»

«Uno se n'è andato appena prima dei quaranta, l'altro è arrivato ai sessanta.»

«Ma hanno vissuto su questa terra. Hanno scopato e lottato e fatto figli. Pensavano che la *loro* età fosse l'*unica*, quella definitiva. E poi sono morti. Perché moriamo.» Bevve un altro sorso di whiskey e ripeté in un sussurro: «Moriamo». Poi riprese: «Ma prima...». Ruotò sullo sgabello e porse il bicchiere ad Anwar. «...devi provare questo cazzo di whiskey, ragazzo.»

Gli diede una manata sulle spalle. Fece una risata.

Anwar bevve un sorso dal bicchiere, poi glielo restituì. «Buono.»

«"Buono"» sbuffò Chovka. «Tu non sai riconoscere le cose belle, Anwar. È il tuo problema. Bevi la tua birra.» Scolò il resto del liquore, fissando prima Cousin Marv e poi Bob. «Tu le sai riconoscere, Bob.»

«Grazie.»

«Credo che tu capisca molte più cose di quanto dai a vedere.»

Bob non rispose.

«Il parcheggio è vostro» disse Chovka.

«Stasera?» chiese Cousin Marv.

Chovka scosse il capo.

Li fece attendere.

«Super Bowl» decretò.

Lui e Anwar scostarono gli sgabelli. Ripresero sigarette e accendini. Percorsero tutto il banco e uscirono.

Bob e Cousin Marv erano impietriti, e ancora una volta Bob si sentiva così stordito che non si sarebbe sorpreso se di lì a dieci minuti si fosse risvegliato lungo disteso sul pavimento del locale, senza la minima idea di come ci fosse finito. La sala non vorticava nel vero senso della parola, ma l'illuminazione andava su e giù di continuo, calando e poi tornando a farsi intensa.

«Hai notato come non si è mai rivolto a me, non mi ha mai fatto una domanda o un'osservazione?» disse Cousin Marv. «L'unica volta che mi ha guardato, sembrava fossi un pezzetto di carta igienica che gli era rimasto fra le chiappe e che ha dovuto staccare.»

«Non me ne sono accorto.»

«Non te ne sei accorto perché eri troppo preso a fare l'amicone. "Ecco il vostro mint julep, *massah*, e perdonatemi se non è buono come quel cazzo di cognac diciott'anni che vi ho servito l'ultima volta che siete venuto a trovare i vostri schiavi." Stiamo scherzando? Quello mi ammazza, porca puttana.»

«Non è vero. Stai dicendo assurdità.»

«Sto dicendo cose sensatissime. Crede che io e Rardy, il quale è già bello stecchito...»

«Rardy non è morto.»

«Ah sì? L'hai visto in giro, di recente?» Marv indicò la porta, abbassando la voce a un sibilo. «Quel dannato ceceno pensa che io e Rardy abbiamo organizzato la rapina insieme al Cadavere Monco. A te ti considera troppo stupido o troppo, non lo so, troppo *buono* per rapinarlo. Ma a me riserva l'occhiata assassina.»

«Se pensasse che i cinquemila li hai tu, dove avrebbe preso i cinquemila che ha messo nel sacco?»

«Come?»

«I rapinatori hanno rubato cinque testoni. E c'erano cinque testoni nel sacco insieme alla...» Bob fece guizzare lo sguardo nella zona del biliardo, sincerandosi che i tre vecchi fossero ancora lì. «...alla mano. Il che significa che Chovka ha trovato i suoi soldi in possesso del ragazzo e ce li ha rimandati.»

«E allora?»

«E allora, non può pensare che li abbia tu, se ce li ha rimandati e noi glieli abbiamo appena restituiti.»

«Può pensare che io abbia suggerito il colpo ai due rapinatori e che loro stessero conservando il bottino in attesa che si calmassero le acque. E se anche non lo pensa, gli frulla in testa comunque, adesso che sono diventato un pezzo di merda. Che sono diventato inaffidabile. E tipi come lui non si domandano se le loro opinioni sono *razionali*. Un bel giorno decidono che sei una pulce, e il giorno dopo è la Giornata della Strage di Pulci.»

«Ma ti senti?»

Il volto di Marv era imperlato di sudore. «La domenica del Super Bowl useranno questo posto come parcheggio. Poi lo rapineranno e ci spareranno, o magari ci lasceranno vivere quanto basta perché tutti gli altri ceceniani e georgiani del cazzo che hanno messo i loro soldi nella nostra cassaforte arrivino alla conclusione che siamo stati noi a orchestrare tutto. E a quel punto ci tortureranno per tre o quattro giorni di fila in uno scantinato qualsiasi, finché ci ritroveremo senza occhi, senza orecchie, senza palle e senza denti. E poi? Due pallottole in testa, Bob. Due pallottole in testa.»

Uscì da dietro il banco.

«Marv.»

Questi respinse ogni possibile obiezione con un andirivieni della mano e s'incamminò verso l'uscita.

«Non posso affrontare un giovedì sera da solo» disse Bob.

«Chiama il servizio precari.»

«Marv!»

Sollevò le braccia al cielo come a dire "Che ci puoi fare?", poi spalancò la porta sul giorno. La porta si richiuse dietro di lui e Bob rimase dietro il banco mentre i vecchietti lo occhieggiavano dal tavolo del biliardo e poi tornavano a dedicarsi ai loro drink.

Al termine della lunga serata, Bob arrivò davanti a casa e trovò Nadia in piedi sul portico con una sigaretta accesa. Si sentì illuminare in volto come i fuochi del 4 luglio.

«Morirai di freddo, qui fuori» le disse.

Nadia scosse la testa. «Sono appena uscita a fumare. Ero dentro con Rocco.»

«Non m'importa se lo conoscevi. Non ha importanza. Mi aveva solo detto di salutarti come a sottintendere qualcosa.»

«Cos'altro ti ha detto?»

«Che Rocco è suo» disse Bob.

Nadia buttò la sigaretta in strada. Bob le tenne la porta aperta e la fece entrare in casa.

In cucina liberò Rocco dal suo cesto, si sedette al tavolo e se lo tirò in grembo. Nadia prese due birre dal frigo e ne fece scivolare una verso di lui.

Per un po' bevvero in silenzio.

«Be', Eric è belloccio, giusto?» disse a un tratto Nadia. «E una sera era bastato questo. Voglio dire, sapevo cosa si diceva di lui e del fatto che è fuori di testa, ma a un certo punto se n'era andato per un po', e al suo ritorno sembrava essersi calmato, come se avesse sconfitto i suoi demoni, capisci? Come se li avesse accantonati. E per un po' era sembrato diverso. Ma poi il treno dei matti è arrivato in stazione, e a quel punto io ero già a bordo.»

«Il che spiega il cane nel tuo bidone» disse Bob.

Nadia guardò Rocco e scosse la testa. «No. Era tipo un anno che non... stavamo insieme.» La scosse di nuovo, cercando di autoconvincersi. Poi: «Sicché lo picchia fino a crederlo morto e poi lo getta nella mia spazzatura? Per quale motivo?».

«Per farti pensare a lui?» suggerì Bob. «Non lo so.»

Nadia ci rifletté. «In effetti, sarebbe proprio da Eric. Cristo, mi dispiace.»

«Non ne avevi idea» disse Bob.

Nadia si accovacciò davanti a lui e a Rocco. Prese in mano la testa del cane.

«Rocco» mormorò. «Non ho ripassato i miei santi. Di chi è patrono, Rocco?»

«Dei cani» rispose Bob. «È il santo patrono dei cani.»

«No, a parte loro.»

«Dei farmacisti, degli scapoli e degli ingiustamente accusati.»

«Un bel po' di gente» commentò Nadia. Levò la birra al cielo. «Be', fanculo, a san Rocco.»

Brindarono.

Nadia si rimise a sedere e si passò il bordo del pollice sulla cicatrice. «Non ti viene mai il pensiero che certe tue azioni siano, non so, al di là del perdono?»

«Del perdono di chi?» chiese Bob.

Lei puntò un dito verso l'alto. «Hai presente.»

«Sì, certi giorni penso che da alcuni peccati non si possa più tornare indietro. Non importa quanto bene tu faccia dopo, il demonio aspetta solo che il tuo corpo si arrenda perché ha già in mano la tua anima. O magari il diavolo non esiste, ma quando muori Dio ti dice: "Spiacente, ma qui non puoi entrare. Hai commesso un peccato imperdonabile, e ora sarai per sempre solo".»

«Preferisco il diavolo» disse Nadia.

«Vero?» convenne Bob. «Altre volte non penso che il problema sia Dio. Il problema siamo noi, capisci?»

La vide scuotere il capo.

«Impediamo a noi stessi di uscire dalle nostre gabbie.»

Agitò la zampa di Rocco in un saluto. Lei sorrise e bevve un sorso di birra.

«Ho sentito dire che il bar non è di Cousin Marv. Che appartiene a gente tosta. Ma tu non sei un duro. Perché ci lavori?»

«Io e Cousin Marv ci conosciamo da un pezzo. Lui è davvero mio cugino. Lui e sua sorella Dottie. Mia madre e suo padre erano sorelle.»

Nadia scoppiò a ridere. «Usavano lo stesso trucco?»

«Che ho detto? No, volevo dire... lo sai cosa intendevo.» Rise anche lui. Era una vera risata, e non ricordava l'ultima volta che ne aveva fatta una. «Perché mi prendi in giro?»

«È divertente» disse lei.

Il silenzio era meraviglioso.

A spezzarlo fu Bob. «Un tempo Marv pensava di essere un duro. Per un po' ha avuto una banda, e guadagnavamo anche bene.»

«Ma adesso non ce l'avete più?»

«Bisogna essere cattivi. Essere tosti non basta. A un certo punto sono arrivati i veri cattivi, e noi abbiamo ceduto per primi.»

«Ma tu sei ancora nel giro» disse Nadia.

Bob scosse il capo. «Sono solo un barista.»

Lei lo studiò da sopra la sua birra, facendogli capire che non gli credeva fino in fondo, ma che non avrebbe insistito.

«Pensi che alla fine ci rinuncerà?» domandò Nadia.

«Eric? Non mi sembra il tipo.»

«Non lo è. Ha ucciso un certo Glory Days. Be', non è stata colpa...»

«Già, Richie Whelan» disse Bob.

Lei annuì. «L'ha ucciso Eric.»

«Perché?» chiese Bob.

«Non lo so. Non gli piacciono molto i perché, a Eric.» Nadia si alzò. «Un'altra birra?»

Bob esitò.

«Coraggio, lasciati andare.»

Si aprì in un gran sorriso. «Perché no?»

Nadia gli mise davanti un'altra lattina. Strofinò la testa a Rocco. Poi si sedette e proseguirono a bere.

Bob accompagnò Nadia fino ai gradini di casa sua. «'Notte.»

«'Notte, Bob. E grazie.»

«Di cosa?»

Lei fece spallucce. Gli posò una mano sulla spalla e gli diede un rapido bacetto sulla guancia. Poi entrò in casa.

Bob ripercorse le strade immerse nel silenzio. Giunto davanti a una lunga lastra di ghiaccio sul marciapiede, invece di aggirarla l'attraversò in scivolata, allargando le braccia per mantenersi in equilibrio. Come un bambino. Quando arrivò alla fine della lastra, levò il viso alle stelle e sorrise.

Di ritorno a casa, sgombrò le lattine di birra dal tavolo. Le sciacquò e le mise in un sacchetto di plastica appeso alla maniglia di un cassetto. Sorrise a Rocco, che sonnecchiava raggomitolato in un angolo della sua cuccia. Poi spense la luce in cucina.

La riaccese. Sollevò il coperchio del cesto mentre Rocco apriva gli occhi e lo fissava. Guardò l'oggetto che vi era stato infilato.

L'ombrello che gli aveva preso Eric Deeds.

Lo tolse dal cesto e rimase seduto a lungo in cucina, tenendolo in grembo.

# 12

## In un baleno

Venerdì mattina sul tardi Eric era seduto sul retro dell'Hi-Fi Pizza con un paio di fette sul piatto. Eric prendeva sempre posto in fondo a qualsiasi locale in cui mangiava o beveva. Gli piaceva essere sempre a non più di tre metri da un'uscita. Casomai, aveva spiegato una volta a una ragazza.

«Casomai cosa?»

«Casomai ce l'avessero con me.»

«Chi?»

«C'è sempre un chi» aveva detto Eric guardandola negli occhi (la ragazza era Jeannie Madden, con cui allora aveva una storia) e credendo di riconoscere una vera comprensione nel suo sguardo. Finalmente, cazzo, *finalmente* qualcuno che lo capiva.

Lei gli aveva accarezzato la mano. «C'è sempre un "chi", giusto?»

«Sì,» aveva risposto lui «sì.»

Tre ore dopo Jeannie l'aveva mollato. Con un messaggio nella vecchia, ingombrante segreteria telefonica che il padre di Eric teneva nell'ingresso della loro casa su Parker Hill. Nel messaggio Jeannie cominciava in tono affettuoso, dicendo che la colpa era soltanto sua, che lui non c'entrava, che ogni tanto le persone si allontanavano, che succedeva, che sperava che un giorno sarebbero stati amici, ma che se solo Eric avesse provato a fare una delle sue cazzate da squilibrato, se anche soltanto ci avesse *pensato*, i suoi quattro fratelli sarebbero scesi da una macchina mentre lui percorreva Bucky Avenue e gli avrebbero fatto un culo grande come un condominio. Fatti curare, Eric. Seriamente. Ma lasciami in pace.

Lui l'aveva lasciata in pace, e soltanto sei mesi dopo Jeannie aveva sposato Paul Giraldi, l'elettricista. Adesso aveva tre figli.

Ed Eric teneva ancora d'occhio l'uscita sul retro della stessa pizzeria. Da solo.

Quella mattina pensò di usarla quando vide avvicinarsi il ciccione, Cousin Marv, ma non voleva causare un parapiglia ed essere cacciato dal locale. Nel 2005, dopo l'incidente con la Sprite e i peperoni verdi, gli era stato impedito l'accesso per sei mesi, ed erano stati i sei mesi più lunghi della sua vita, perché l'Hi-Fi faceva la miglior fottuta pizza della storia.

E così rimase al suo posto mentre Cousin Marv si toglieva il giaccone e gli si sedeva davanti.

«La Zima non c'è ancora» disse questi.

Non sapendo bene come la cosa poteva svilupparsi, Eric proseguì a mangiare.

Cousin Marv scostò la saliera e il barattolo del parmigiano e lo fissò attraverso il tavolo. «Perché ce l'hai con mio cugino?»

«Ha preso il mio cane.» Eric si riavvicinò il parmigiano.

«Ho sentito dire che lo picchiavi.»

«Ma dopo mi sentivo in colpa.» Bevve un piccolo sorso di Coca. «Non vale?»

Cousin Marv lo guardò come lo guardavano in molti: come se potessero vedere i suoi pensieri e li compatissero.

*Un giorno ti farò compatire te stesso*, pensò Eric. *Ti farò piangere e sanguinare e implorare.*

«Lo rivuoi davvero, il tuo cane?» chiese Cousin Marv.

«Non lo so» rispose Eric. «Quello che non voglio è che tuo cugino si creda chissà chi. Deve imparare.»

«Imparare cosa?»

«Che non avrebbe dovuto rompermi i coglioni. E adesso sei tu che me li rompi. Credi che possa accettarlo?»

«Rilassati. Vengo in pace.»

Eric masticò il suo boccone di pizza.

«Sei mai stato dentro?» chiese Cousin Marv.

«Dentro dove?»

«In prigione.»

Eric finì la prima fetta, si sfregò le mani per pulirle dalle briciole. «Sì, ci sono stato.»

«Davvero?» Marv inarcò le sopracciglia. «Dove?»

«A Broad River.»

Scosse la testa. «Non la conosco.»

«È nel South Carolina.»

«Cazzo» esclamò. «Come ci sei finito?»

Eric si strinse nelle spalle.

«Sicché hai scontato la tua pena, tipo un paio d'anni, e poi sei tornato?»

«Già.»

«E com'è stato, tutto quel tempo laggiù?»

Eric sollevò la sua seconda fetta. Guardò Cousin Marv da sopra la crosta. «È passato in un baleno.»

Tutte le ore che Torres aveva dedicato alla scomparsa di Richie Whelan non avevano portato praticamente a nulla. Una sera di dieci anni prima il giovane era semplicemente svanito nel nulla. Era uscito dal Cousin Marv's Bar dicendo che sarebbe tornato nel giro di un quarto d'ora, non appena fosse riuscito a comprare un po' d'erba nei paraggi. Era una serata gelida. Molto peggio che gelida, in realtà: era il genere di serata in cui la gente comprava terreni in Florida a scatola chiusa. Meno quindici quando Richie Whelan era uscito dal locale alle undici e tre quarti. Torres svolse qualche altra ricerca e scoprì che quella sera il fattore vento trasformava quei meno quindici in meno ventitré. Ed ecco Richie Whelan che zampetta sul marciapiede con ventitré gradi sotto zero, il tipo di gelo che senti bruciare nei polmoni e negli interstizi fra i denti. Non c'è nessun altro in strada, perché solo un fumatore d'erba che ha finito l'erba o un cocainomane rimasto senza coca sfiderebbe un clima simile per la passeggiata della mezzanotte. Anche se è una passeggiata di soli tre isolati, vale a dire l'esatta distanza fra il Cousin Marv's Bar e il luogo in cui Whelan era andato in cerca di droga.

Quella sera i presunti fornitori di Whelan erano due caproni chiamati Eric Deeds e Tim Brennan. Qualche giorno dopo Brennan aveva rilasciato una deposizione alla polizia in cui sosteneva che quella sera Richie Whelan non era mai arrivato a casa sua. Quando gli era stato chiesto di che natura fosse il suo rapporto con Whelan, aveva risposto: «A volte mi comprava un po' d'erba». Eric Deeds non aveva mai deposto; il suo nome era venuto fuori soltanto grazie agli amici di Richie Whelan rimasti al bar.

Sicché, accettando l'idea che Brennan non avesse alcun motivo per mentire, visto che era già stato ragionevolmente sincero riguardo al suo ruolo di spacciatore, si poteva concludere che Richie Whelan fosse scomparso nello spazio di quei tre isolati dal Cousin Marv's Bar.

E Torres non riusciva a scacciare il sospetto che quel piccolo dettaglio avesse più importanza di quanta i precedenti investigatori gliene avessero mai data.

"Perché?" avrebbe chiesto il suo tenente, Mark Adeline, se Torres fosse stato abbastanza stupido da ammettere che stava esaminando un caso irrisolto di un decennio prima.

"Perché quel figlio di puttana non fa la comunione" avrebbe risposto lui.

Nel film della sua vita, Mark Adeline si sarebbe rilassato all'indietro sulla sedia con un velo di saggezza nello sguardo e avrebbe detto: «Mmm, potresti avere ragione. Hai tre giorni di tempo».

Nella realtà, Adeline gli stava massacrando le palle perché aumentasse la sua quota di rapine risolte. E la aumentasse di *brutto*. Dall'Accademia stava uscendo una nuova leva di reclute. Ciò significava che molti agenti di pattuglia sarebbero diventati poliziotti in borghese. Antirapine, Crimini Gravi, Omicidi, Buoncostume: tutte le squadre sarebbero state alla ricerca di sangue nuovo. E quello vecchio? Quelli che si dedicavano ai casi irrisolti dei loro colleghi mentre i loro, di casi, accumulavano muffa e polvere? Sarebbero finiti nel magazzino delle prove, o alla squadra Auto Pubbliche, o all'Ufficio Stampa, o peggio ancora alla polizia portuale, a far rispettare il codice marittimo con quindici gradi sotto zero. Evandro Torres aveva pile di cartelle sulla scrivania e sul suo disco fisso. Aveva deposizioni da raccogliere su una rapina a mano armata in una bottiglieria di Allston, su uno scippo in Newbury Street, su una banda che prendeva di mira le farmacie della città. Più la rapina al Cousin Marv's. Più le case che venivano svaligiate in pieno giorno nel South End. Più i furgoni merci giù al Seaport che continuavano a perdere pesce fresco e carne surgelata.

Più, più, più. La merda non smetteva di accumularsi, sempre più alta, mentre quella in fondo ti scivolava addosso. E prima ancora di rendertene conto ne venivi divorato.

Torres si diresse verso la sua auto, dicendosi che sarebbe andato al Seaport e avrebbe messo alle strette l'autista di cui sospettava, quello che l'ultima volta che avevano parlato aveva fatto troppo l'amicone, quello che masticava gomma come uno scoiattolo sgranocchia nocciole.

Invece si recò alla centrale elettrica di Southie, mentre il sole sorgeva illuminando l'uscita del turno di notte, e si fece indicare Sean McGrath dal caposquadra. McGrath era uno dei vecchi amici di Whelan, e a sentire tutti quelli con cui Torres aveva già parlato era il leader del gruppo che ogni anno brindava a Glory Days nell'anniversario della sua scomparsa.

Gli si presentò e cominciò a spiegargli il motivo della sua visita, ma McGrath alzò una mano e chiamò uno dei colleghi. «Ehi, Jimmy.»

«Che c'è?»

«Dove si va?»

«Su al solito posto.»

«Quello accanto alla gastronomia?»

Jimmy scosse il capo e si accese una sigaretta. «L'altro.»

«Okay» disse Sean McGrath.

Jimmy salutò e si allontanò con gli altri.

McGrath tornò a rivolgersi a Torres. «Dunque vuole sapere della sera che Richie si è volatilizzato?»

«Sì. C'è qualcosa che può dirmi?»

«Non c'è niente da dire. È uscito dal bar e non l'abbiamo più rivisto.»

«Tutto qui?»

«Tutto qui» disse. «Mi creda, la cosa non piace a nessuno, ma non c'è altro. Nessuno l'ha più visto. Se esiste il Paradiso e ci arrivo, la prima domanda che farò, prima ancora di chiedere chi ha ucciso JFK o se Gesù è nei paraggi, sarà questa: "Che cazzo di fine ha fatto il mio amico Richie Whelan?".»

Torres lo guardò spostare il peso da un piede all'altro nel gelo del mattino e capì che non sarebbe riuscito a trattenerlo ancora a lungo. «Nella sua deposizione originaria disse che era andato a...»

«Comprare dell'erba, sì. Quelli che gliela vendevano

di solito erano quella testa di cazzo di Tim Brennan e un altro tizio.»

Torres consultò i propri appunti. «Eric Deeds. Tutto questo era già nella sua deposizione. Ma mi permetta di farle un'altra domanda.»

McGrath si soffiò sulle mani. «Certo.»

«Che mi dice di Bob Saginowski e Cousin Marv? Erano entrambi al lavoro, quella sera?»

Sean McGrath smise di riscaldarsi le mani. «Sta cercando di incolpare loro?»

«Sto solo provando a...» fece Torres.

McGrath gli si fece sotto, e Torres ebbe il raro sentore di trovarsi al cospetto di un uomo che sarebbe davvero stato meglio non provocare. «Okay, lei mi intercetta dicendo di essere dell'Antirapine. Ma Richie Whelan non fu rapinato. E mi blocca qui in mezzo, davanti ai miei colleghi, facendomi fare la figura dello spione. Voglio dire, grazie mille.»

«Ascolti, Mr McGrath...»

«Il locale di Cousin Marv è il mio bar.» McGrath fece un altro passo verso Torres e lo fulminò con lo sguardo, respirando rumorosamente dalle narici dilatate. «Lasci stare il mio bar.»

Gli rivolse la parodia di un saluto militare e si allontanò verso i suoi amici.


Quando il campanello suonò per la seconda volta, Eric Deeds si affacciò alla finestra del primo piano. Non credeva ai suoi occhi: era quello stronzo di Bob. Bob Saginowski. Il Problema. Il Rapitore di Cani. Il Benefattore.

Udì troppo tardi il cigolio delle ruote e si voltò verso

suo padre che spingeva la carrozzella in corridoio, diretto verso il citofono.

Gli puntò contro un dito. «Torna in camera tua.»

Il vecchio lo guardò come un bambino ancora incapace di parlare. Da parte sua erano nove anni che non riusciva più a farlo, e la gente credeva che fosse debole di mente, ritardato e cazzate varie; ma Eric sapeva che il malvagio bastardo era ancora lì dentro, che continuava a vivere appena sottopelle. Ancora lì a pensare a come infastidirti, a come romperti i coglioni, a come farti sentire sempre con i piedi nelle sabbie mobili.

Il campanello suonò di nuovo e il vecchio fece scorrere il dito sui tasti del citofono, ASCOLTO, COMUNICAZIONE e APERTURA.

«Ti ho detto di non toccare un cazzo.»

Il vecchio piegò il dito a uncino e lo tenne sollevato sopra il tasto APERTURA.

«Ti butto giù dalla finestra» disse Eric. «E mentre sei lì lungo disteso ti scaravento addosso quella cazzo di baracca cigolante.»

Il vecchio si arrestò, sollevò le sopracciglia.

«Dico sul serio.»

Sorrise.

«Non provarci...»

Abbassò il dito sul tasto e lo tenne premuto.

Eric si lanciò contro di lui e lo travolse, facendolo cadere dalla sedia a rotelle. Ma il vecchio non fece altro che ridacchiare. Disteso a terra senza la sua carrozzella sogghignava con un'espressione calma e un po' assente negli occhi lattiginosi, come se vedesse l'aldilà e avesse capito che era pieno di cazzari come l'aldiqua.

Bob aveva appena raggiunto il marciapiede quando udì ronzare il citofono. Risalì al trotto i gradini e attraversò il portico. Allungò la mano verso la porta, ma proprio in quel momento il ronzio cessò.

Merda.

Risuonò il campanello. Attese. Suonò di nuovo. Aspettò. Allungò il collo oltre il lato del portico, alzò gli occhi sulla finestra al primo piano. Tornò alla porta, suonò ancora. Dopo un po' scese dal portico. Dal marciapiede guardò nuovamente il primo piano, chiedendosi se uno degli inquilini potesse aver lasciato la porta di servizio aperta. Succedeva spesso, o magari il padrone di casa non badava al fatto che il legno attorno alla serratura fosse marcito durante l'inverno, o che le termiti l'avessero consumato. Ma cosa poteva fare, scassinarla? Un'idea simile era così lontana da lui che era come se facesse parte della vita di un suo sosia, o di un gemello con cui non avesse mai avuto molto a che fare.

Si girò per allontanarsi e si ritrovò davanti Eric Deeds che lo fissava con quella sua espressione da maniaco stampata sul volto, come quella di un finalista di una cerimonia di beatificazione riservata a chi aveva battuto la testa da piccolo. Doveva essere arrivato dal vicolo di servizio, pensò Bob, e adesso gli si parava davanti emanando energia elettrica come un cavo dell'alta tensione abbattuto che sfrigolava e scoppiettava in mezzo alla strada.

«Hai spaventato mio padre.»

Bob non rispose, ma doveva aver mosso i lineamenti del volto in un certo modo perché Eric lo scimmiottò

154

con un'elaborata pantomima, sollevando e riabbassando labbra e sopracciglia.

«Mi spiace.»

Eric fece un gran sorriso di apprezzamento. «Ti spiace. È tutto quello che hai da dire. Il caro, vecchio "mi spiace".» Il sorriso gli si spense sul volto, rimpiazzato da un'espressione totalmente desolata, quella di un animaletto con una zampa spezzata perso in una zona sconosciuta della foresta, finché la desolazione venne sommersa da un'ondata di furbizia e freddezza. «Be', mi hai risparmiato un viaggio.»

«In che senso?»

«Più tardi sarei passato da te.»

«Me l'ero immaginato, sì.»

«Ti ho riportato l'ombrello.»

Bob annuì.

«Mi sarei potuto riprendere il cane.»

Un altro cenno di assenso.

«Ma non l'ho fatto.»

«Perché no?»

Eric spostò lo sguardo sulla strada, dove il traffico mattutino cominciava a calare. «Non fa più parte dei miei piani.»

«Okay» disse Bob.

Eric inspirò l'aria fredda dalle narici e poi scatarrò in strada. «Diecimila.»

«Cosa?» fece Bob.

«Diecimila dollari. Entro domattina.»

«E chi ce li ha, diecimila dollari?»

«Li puoi trovare.»

«Come faccio a trovar...»

«Nella cassaforte dell'ufficio di Cousin Marv, per esempio. Potrebbe essere un buon inizio.»

Scosse la testa. «Impossibile. Ha una serratura...»

«...a tempo, lo so.» Eric si accese una sigaretta. Il vento gli fece guizzare la fiamma del fiammifero sul dito, e lui scosse entrambi, dito e fiammifero, finché il fuoco si spense. Poi si soffiò sul dito. «Si attiva alle due del mattino, concedendo novanta secondi di tempo per trasferire i soldi prima di attivare due allarmi silenziosi, nessuno dei quali è collegato con la polizia o con un servizio di sicurezza. Guarda caso.» Fece di nuovo il suo giochetto con le sopracciglia e aspirò una boccata di fumo. «Non sono un tipo esoso, Bob. Ho solo bisogno di fondi per mettere in piedi una cosa. Non voglio tutto quello che c'è nella cassaforte, solo dieci pezzi da mille. Procurami dieci testoni e non mi vedi più.»

«È ridicolo.»

«Sì, e allora?»

«Non puoi intrometterti nella vita di qualcuno e...»

«La vita è *questa*: uno come me che arriva quando meno te l'aspetti e non sei pronto. Io sono ottanta chili di apocalisse, Bob.»

«Dev'esserci un'altra soluzione» protestò Bob.

Le sopracciglia di Eric Deeds guizzarono di nuovo su e giù. «Stai ripassando le alternative possibili, ma sono alternative per persone normali in circostanze normali. Non sono quelle che offro io. Ho bisogno di quei diecimila. Tu li prendi stanotte, io li ritiro domattina. Per quanto ne sai, ho una giocata sicura al Super Bowl. Domattina alle nove in punto fatti trovare a casa tua coi diecimila. Se non lo farai, prenderò quella troia di Nadia a scarpate in testa fino a spezzarle il collo e maciullarle la faccia. Poi sfonderò il cranio al cane con un sasso. Guardami negli occhi e dimmi se ti racconto balle, Bob.»

«Ma cos'*hai* nella testa?» chiese Bob.

Eric allargò le braccia. «Un gran casino. Sono fuori come un balcone, Bob. E tu hai preso il mio cane.»

«Avevi cercato di ammazzarlo.»

«Nah.» Scosse la testa come se ci credesse. «Hai sentito cos'ho fatto a Richie Whelan, giusto?»

Bob annuì.

«Un pezzo di merda, quello. L'ho sorpreso che cercava di farsi la mia ragazza, e così addio Richie. Il motivo per cui te ne parlo, Bob, è che avevo un complice. E ce l'ho ancora. Sicché se pensi di farmi uno scherzetto, passerai il resto dei tuoi pochi giorni di libertà a domandarti quando il mio socio si presenterà a riscuotere il conto o avvertirà gli sbirri.» Eric lanciò la sigaretta in strada. «C'è altro?»

Bob non fiatò.

«Ci vediamo domattina.» Eric lo lasciò sul marciapiede e rientrò in casa.


«Ma chi *è*?» chiese Bob a Nadia mentre facevano correre Rocco nel parco.

«"Chi è" o "chi è per me"?» ribatté Nadia.

Durante la notte il fiume si era ghiacciato di nuovo, ma la lastra era già percorsa dalle crepe e dai loro lamenti. Rocco insisteva a voler allungare una zampa oltre la riva, e Bob continuava a strattonare il guinzaglio.

«Per te, allora.»

«Te l'ho detto, siamo stati insieme per un po'.» Scrollò le spalle sottili. «È cresciuto nella mia stessa strada. Entra ed esce di continuo da prigioni e ospedali. Dicono che nel 2004 abbia fatto fuori Richie Whelan.»

«Lo dice la gente o lo dice lui?»

Un'altra stretta delle spalle. «Alla fine è lo stesso.»

«Perché ha ucciso Richie Whelan?»

«Ho sentito dire che stesse cercando di far colpo su certi duri di Stoughton Street.»

«La banda di Leo» disse Bob.

Nadia lo guardò, il suo viso una luna bianca sotto il cappuccio nero. «La voce che gira è quella.»

«Sicché è un cattivo.»

«Tutti sono cattivi.»

«Non è vero. Ci sono molte brave persone.»

«Davvero?» Un sorrisetto incredulo.

«Sì. È solo che combinano, non so, un sacco di casini, e poi ne combinano altri cercando di sistemarli, e dopo un po' la loro vita è quella.»

Nadia tirò su col naso e al tempo stesso ridacchiò. «Ah, è così?»

«A volte sì, è così.» Bob le occhieggiò il cordone rosso scuro attorno al collo, e lei se ne accorse.

«Com'è che non mi hai mai chiesto niente?»

«Te l'ho detto, non lo trovavo cortese.»

Nadia gli scoccò quel suo sorriso spezzacuori. «Cortese? Ma chi le usa più, le buone maniere?»

«Nessuno» concesse Bob. Gli parve un'ammissione un po' tragica, come se al mondo fossero fin troppe le cose importanti ad aver perduto il proprio posto in fila.

Come se un giorno o l'altro potessero scomparire del tutto, allo stesso modo dei nastri Stereo 8 o dei giornali. «È stato Eric Deeds?»

Lei scosse la testa. Poi annuì. Poi la scosse di nuovo. «Mi aveva combinato un brutto scherzo durante una delle sue... i dottori le chiamano "fasi maniacali". Non la presi bene. Al momento avevo un sacco di altre menate, non fu soltanto lui...»

«Sì che lo fu.»

«...ma fu decisamente la goccia che fece traboccare il vaso.»

«Ti sei tagliata la gola?»

Nadia fece una serie di brevi, rapidi cenni di assenso. «Ero intrippata.»

«Hai fatto una cosa simile a te stessa?» chiese Bob.

«Con un taglierino» rispose Nadia. «Uno di quei...»

«Dio, no, so cosa intendi» la interruppe Bob. Poi ripeté: «Hai fatto una cosa simile a te stessa?».

Nadia lo guardò negli occhi. «Allora ero una persona diversa. Non mi piacevo per niente, capisci?»

«E adesso ti piaci?»

Lei fece spallucce.

Bob non disse nulla. Sapeva che, se avesse parlato, avrebbe ucciso qualcosa che meritava di vivere.

Dopo un po' Nadia lo guardò, gli occhi lucidi di lacrime, e si strinse di nuovo nelle spalle.

Proseguirono a passeggiare.

«Lo vedevi mai con Rocco?»

«Mmm?»

«Non li vedevi mai insieme? In fondo abita nel tuo stesso isolato.»

«No, non mi pare.»

«Non ti *pare*?»

Nadia indietreggiò di un passo. «Chi sei in questo momento, Bob? Perché non sei te stesso.»

«Sì che lo sono» le assicurò lui. Poi ammorbidì i toni. «Avevi già visto Eric Deeds insieme a Rocco?»

Un'altra serie di rapidi cenni di assenso, come un uccello intento ad abbeverarsi a una fonte.

«Dunque sapevi che il cane era suo.»

La testa continuò a scattare su e giù, rapida e secca.

«Che era stato lui a gettarlo nella spazzatura.» Bob liberò un sospiro. «D'accordo.»

Attraversarono un ponticello di legno sopra un tratto di fiume su cui il ghiaccio era sottile e azzurrino ma non aveva ancora ceduto.

«Sicché ha detto che ne vuole solo diecimila?» chiese Nadia dopo un po'.

Bob annuì.

«E se fai sparire quei diecimila...?»

«Qualcuno la pagherà.»

«Tu?»

«E Marv. Tutt'e due. Siamo già stati rapinati una volta.»

«Vi uccideranno?»

«Dipende. Si riuniranno, i ceceni, gli italiani, gli irlandesi. Cinque o sei grassoni si troveranno in un parcheggio con i loro caffè e prenderanno una decisione. Per dieci testoni, oltre ai cinque della rapina? Non avremmo molte speranze.» Levò gli occhi al cielo spoglio. «Certo, potrei sempre raggranellare da solo i diecimila. Ho messo da parte qualche risparmio.»

«Messo da parte a che scopo? Per cosa risparmia Bob Saginowski?»

Non disse nulla finché lei si convinse a lasciar perdere.

«Sicché se riesci a dargli i diecimila...»

«Non basterebbero.»

«Ma è quello che ha chiesto.»

«Certo, ma non è quello che *vuole*. Un uomo affamato vede un sacchetto di patatine, okay? È l'unico sacchetto di patatine che vede da, che so, da *sempre*. Mangiandone tre o quattro ogni quattro ore potrebbe farle durare cinque giorni. Ma pensi che lo faccia?»

«No, divora l'intero sacchetto.»

Bob annuì.

«Che cosa farai?»

Rocco tentò di nuovo di scendere sul fiume, e Bob lo tirò indietro. Si accovacciò e gli picchiettò il dito indice sul naso. «No, okay? No.» Rialzò gli occhi su Nadia. «Non ne ho idea.»

# 13

## Ricordati di me

Pioveva, e i tifosi dei Bruins si stavano riversando in Causeway Street. Cousin Marv dovette accostare al marciapiede mentre i poliziotti sbraitavano a tutti di muoversi e la folla sgomitava per passare, la Honda dondolava sul suo asse, i taxi strombazzavano e la pioggia sul parabrezza colava come *bouillabaisse*. Stava giusto per ripartire e fare il giro dell'isolato, impresa che con quel traffico di merda sarebbe durata una mezz'ora buona, quando Fitz si materializzò dalla massa di corpi e si fermò a poche decine di centimetri dalla portiera, guardando Marv con un volto pallido e scavato sotto un cappuccio scuro impermeabile.

Marv abbassò il finestrino di destra della vecchia Honda color oro sbiadito. «Sali.»

Fitz rimase dov'era.

«Cosa c'è?» chiese Marv. «Pensi che abbia rivestito di plastica il bagagliaio?» Lo aprì premendo il tasto nell'abitacolo. «Controlla coi tuoi occhi.»

Fitz fece guizzare lo sguardo in quella direzione, ma non si mosse. «Con te non ci salgo.»

«Stai scherzando? Dobbiamo parlare.»

«Hanno preso mio fratello» gridò sotto la pioggia scrosciante.

Marv annuì con fare ragionevole. «Non sono sicuro che l'agente all'incrocio ti abbia sentito. O quello appena dietro di te.»

Fitz si voltò a guardare il giovane poliziotto che sorvegliava la massa di tifosi a pochi metri da lui. Per il momento non si era accorto di niente, ma le cose potevano cambiare.

«È ridicolo. Ci avranno visti in duemila, sbirri compresi. E si muore di freddo. Sali in macchina.»

Fitz fece un passo avanti, ma poi si fermò. «Agente!» chiamò. «Ehi, agente!»

Il giovane poliziotto si voltò a guardarlo.

Fitz indicò se stesso e poi la Honda. «Ricordati di me, okay?»

L'agente gli puntò contro un dito. «Muovete quell'auto!»

Fitz sollevò i pollici. «Mi chiamo Fitz.»

«Muoversi!» gridò lo sbirro.

Fitz aprì la portiera, ma Marv lo fermò. «Chiudi il baule, ti spiace?»

Fitz aggirò l'auto di corsa nella pioggia, sbatté il portello del bagagliaio e salì a bordo. Cousin Marv alzò il finestrino e partì.

Non appena si staccarono dal marciapiede Fitz sollevò il giaccone a rivelare la .38 a canna corta infilata sotto la cintura. «Non fare brutti scherzi. Non provarci nemmeno, intesi? Intesi?»

«Te l'ha messa la mamma nella scatola della merenda?» ribatté Marv. «Cos'è, giri armato come se fossi in uno stato repubblicano? Hai paura che gli ispanici ti rubino il lavoro e i negri si scopino tua moglie?»

«L'ultima volta che qualcuno ha visto mio fratello ancora vivo, stava salendo in macchina con un tizio» disse Fitz.

«Probabilmente aveva una pistola nella cintura anche lui» ironizzò Cousin Marv.

«Vaffanculo, Marv.»

«Ascolta, Fitz, mi dispiace, davvero. Ma mi conosci, sai che non sono un pistolero. Sono solo un gestore di bar che se la fa sotto dalla strizza. E quest'ultimo anno del cazzo vorrei cancellarlo e ripeterlo da capo.» Avanzando a passo d'uomo nell'ingorgo in direzione di Storrow Drive, Marv guardò fuori dal finestrino. Poi gettò di nuovo l'occhio sulla pistola. «Cos'è, ti sembra di avere un uccello più grosso, impugnando quel cannone a mo' di gang?»

«Sei uno stronzo, Marv» disse Fitz.

Marv ridacchiò. «Dimmi qualcosa che già non so.»

Quando arrivarono in Storrow Drive e procedettero verso ovest, il traffico cominciò a diradarsi.

«Faremo una brutta fine» riprese Fitz. «Te ne rendi conto?»

«A questo punto si tratta di valutare i rischi a fronte dei benefici, Fitzy» disse Cousin Marv. «Il rischio l'abbiamo già corso, ed è vero, al momento non sembra dare grandi risultati.»

Fitz si accese una sigaretta.

«Ma...?»

«Ma io so dove parcheggeranno l'incasso del Super Bowl di domani sera. Il parcheggio dei parcheggi. Vuoi fargliela pagare per tuo fratello? Fagli pagare un milioncino.»

«Cazzo, è un suicidio.»

«Al punto in cui siamo, stiamo solo aspettando di tirare le cuoia» disse Cousin Marv. «Preferisco scappare con un bel gruzzolo che andarmene al verde.»

Fitz ci rifletté, picchiettando il ginocchio contro il fondo del cassettino del cruscotto. «Non voglio farne un'altra, cazzo.»

«La scelta è tua» disse Marv. «Non starò qui a pregarti di dividere un bottino a sei zeri.»

«Non ho neanche visto la mia parte dei miserabili cinquemila della prima.»

«Ma li avevi tu.»

«Li aveva Bri» lo corresse Fitz.

Quando oltrepassarono l'Harvard Stadium, il traffico era ormai notevolmente calato. L'impianto era il primo stadio di football dell'intero paese nonché uno dei tanti edifici che sembravano prendersi gioco di Marv, uno dei tanti luoghi da cui sarebbe stato cacciato a suon di risate se soltanto avesse cercato di entrarvi. Tipico di quella città: a ogni piè sospinto ti piazzava davanti la sua storia per farti sentire più insignificante.

Cousin Marv svoltò a destra seguendo il corso del fiume, e a un tratto in strada rimasero solo loro. «Ti darò quello che ti spetta, allora.»

«Cosa?» fece Fitz.

«Sul serio. Ma voglio qualcosa in cambio. Primo, non parlerai con nessuno di quello che ti ho appena detto. E secondo, hai un posto dove posso nascondermi per un paio di giorni?»

«Sei in mezzo alla strada?» domandò Fitz.

All'improvviso udirono uno sbatacchiare metallico, e controllando nello specchietto Marv vide il portello del bagagliaio che andava su e giù nella pioggia.

«Cazzo di baule» disse. «Non l'hai chiuso.»

«Sì che l'ho chiuso» protestò Fitz.

«Non bene.»

Il portello continuava a sollevarsi e riabbassarsi.

«E no, non sono in mezzo alla strada,» riprese Cousin Marv «ma tutti sanno dove abito. Tu, invece, nemmeno *io* so dove stai.»

Dietro di loro, il bagagliaio rimbalzò di nuovo verso l'alto.

«Io l'ho chiuso» disse Fitz.

«Lo dici tu.»

«Fanculo, fermati che lo sistemo.»

Marvin si immise in un parcheggio lungo il Charles che si diceva fosse un luogo di incontri clandestini dei finocchi regolarmente sposati. L'unica altra automobile in tutto il piazzale era un vecchio catorcio di fattura americana che sembrava abbandonato da una settimana: la neve vecchia sul radiatore stava combattendo una battaglia persa con la pioggia. Era sabato, rammentò Marv, il che significava che i finocchi erano a casa con mogli e figli a fingere di non gradire l'uccello e i film con Kate Hudson. Il parcheggio era deserto.

«Allora, posso stare da te oppure no?» chiese a Fitz. «Solo per stanotte? Okay, magari anche domani notte?»

Fermò l'auto.

«Da me no, ma conosco un posto» rispose Fitz.

«C'è la tivù via cavo?» chiese Cousin Marv.

«Cazzo dici?» esclamò Fitz scendendo.

Aggirò di corsa la vettura e chiuse con violenza il bagagliaio con una mano sola. Fece ritorno alla portiera e ruotò di scatto la testa nell'udire che il portello si era riaperto.

Marv lo vide contrarre il volto per la rabbia. Lo vide tornare dietro l'auto, afferrare il portello con entrambe le mani e sbatterlo con tale forza da far tremare l'intera vettura, Marv compreso.

Poi la luce rossa degli stop che gli illuminava il viso si spense. Fitz incrociò lo sguardo di Marv nello specchietto e a un tratto capì. L'odio nei suoi occhi sembrava rivolto più alla propria stupidità che a Marv.

Marv inserì di botto la retro e la Honda travolse Fitz oscillando sulle quattro ruote. Si udì un grido, uno solo, ma anche quello distante, tanto che era facile immaginare che a grattare contro il telaio dell'auto fosse stato un sacco di patate, o magari un tacchino natalizio gigante.

«Cazzo.» Marv udì la propria stessa voce nella pioggia. «Cazzo, cazzo, cazzo.»

Poi mise la marcia avanti e ripassò sopra a Fitz. Frenò. Inserì la retro. Rifece tutto un'altra volta.

Dopo una serie di altri passaggi abbandonò il corpo e ripartì verso la sua auto. Non dovette ripulire la Honda: il lato migliore dell'inverno era che tutti portavano i guanti. Li potevi tenere anche a letto e nessuno si sarebbe insospettito; anzi, ti avrebbe semplicemente chiesto dove poteva procurarsene un paio.

Quando scese dalla Honda, Marv si voltò verso il versante opposto del piazzale, dove giaceva il corpo di

Fitz. Da quel punto lo si scorgeva a malapena. In lontananza poteva sembrare un mucchio di foglie bagnate o un cumulo di neve vecchia che si consumava sotto la pioggia battente. Diamine, da lì quello che gli sembrava il corpo di Fitz poteva anche essere un semplice inganno della luce e delle ombre.

*Sono diventato,* si rese conto all'improvviso, *pericoloso quanto l'uomo più pericoloso del pianeta. Ho ucciso.*

Non era un pensiero sgradevole.

Marv salì al volante della sua auto e partì. Per la seconda volta quella settimana si ripeté che aveva bisogno di cambiare i tergicristalli.

Bob scese i gradini dello scantinato reggendo Rocco in braccio. Il locale principale era vuoto e pulitissimo, con pavimento e pareti di pietra tinteggiata di bianco. Lungo il muro opposto alle scale si parava la cisterna nera del gasolio. Bob vi passò davanti come faceva sempre, rapidamente e a testa bassa, e portò Rocco nell'angolo in cui molti anni prima suo padre aveva installato un lavello. Accanto a questo c'erano alcuni scaffali con vecchi utensili, scarponcini da lavoro e barattoli di vernice. Subito sopra c'era un armadietto. Bob posò Rocco nella vasca del lavello.

Aprì l'armadietto. Era pieno di vernici spray, scatole di viti e chiodi, bottigliette di acquaragia. Prese una lattina di caffè di Chock Full o'Nuts e l'appoggiò accanto al lavello. Sotto lo sguardo attento di Rocco ne estrasse una busta di cellofan stracolma di piccoli bulloni. Poi pescò un rotolo di banconote da cento. La lattina ne conteneva altri cinque. Bob aveva sempre pensato che un giorno, dopo la sua morte, qualcuno sarebbe venuto a sgombrare la casa e se ne sarebbe impossessato, giurandosi di non farne parola con nessuno. Ma naturalmente ciò non succedeva mai, e anche in quel caso le voci si sarebbero diffuse e trasformate in leggenda metropolitana: il tizio che aveva trovato più di cinquantamila dollari in una lattina di caffè nello scantinato dell'abitazione di un vecchio solitario. Per qualche motivo, l'idea gli aveva sempre fatto un certo piacere. Ora infilò il rotolo in tasca, coprì gli altri con la busta di bulloni e richiuse la lattina. Poi la ripose nell'armadietto e vi diede un giro di chiave.

Prese a contare i soldi con la velocità che possedevano solo i baristi e quelli che facevano le carte nei casinò. C'erano tutti. Diecimila. Sventolò la mazzetta davanti al naso di Rocco.

«Non saprei» disse. «È un mucchio di soldi.»

Rocco piantò le zampe sul bordo del lavello e gli mordicchiò il polso con i suoi denti aguzzi da cucciolo.

Bob lo prese in braccio con la mano libera e premette il volto contro il suo. «Scherzo, scherzo. Li vali tutti.»

Uscirono dal locale sul retro. Questa volta, quando passò davanti alla cisterna nera, Bob si fermò. La fronteggiò a capo chino, poi alzò gli occhi. Per la prima volta da anni la guardò direttamente. Le tubature che un tempo vi erano collegate, quella che riceveva il gasolio attraverso il muro esterno e quella della caldaia, erano state da tempo rimosse, i loro fori sigillati.

Al posto del gasolio, la cisterna conteneva soda caustica, sale grosso e quelle che ormai dovevano essere soltanto ossa. Semplici ossa.

Nei suoi giorni più bui, quando aveva quasi smarrito fede e speranza, quando aveva danzato con la disperazione e di notte vi aveva lottato contro nel groviglio delle sue lenzuola, a Bob era parso di perdere interi pezzi della propria mente, come scudi termici di un'astronave dopo l'impatto con un asteroide. Si era immaginato quei pezzi che vorticavano via nello spazio, scomparendo per sempre.

Ma poi li aveva recuperati. E aveva recuperato anche quasi tutto il resto di sé.

Salì le scale insieme a Rocco e si voltò per l'ultima volta verso la cisterna nera.

Perdonami, Padre...

Spense la luce. Nel buio udì il proprio respiro e quello del cane.

...perché ho peccato.

# 14

# Altre parti

La domenica del Super Bowl.

Un monte di scommesse superiore a quello raccolto in tutto il resto dell'anno per le finali di basket dell'NCAA, il Kentucky Derby, il campionato dell'NBA, la Stanley Cup di hockey e le World Series di baseball messi insieme. Se il denaro cartaceo non fosse già stato inventato, sarebbe stato creato soltanto per gestire il peso e il volume delle scommesse di quella giornata. Vecchine che non avrebbero saputo distinguere una palla ovale da un cocomero sentivano che avrebbero vinto i Seahawks; clandestini guatemaltechi che nei cantieri trasportavano i secchi di macerie trovavano che Manning fosse quanto di più vicino al secondo avvento di nostro Signore e Salvatore. *Tutti* scommettevano, tutti guardavano la partita.

Nell'attesa che Eric Deeds passasse da lui, Bob si concesse una seconda tazza di caffè perché sapeva che quella sarebbe stata la giornata più lunga dell'anno. Rocco era coricato ai suoi piedi, intento a masticare un giocattolo di corda. Bob aveva posato i diecimila dollari al centro del tavolo. Aveva sistemato le sedie con precisione. Aveva spostato la sua accanto al cassetto del banco in cui si trovava la .32 del suo vecchio, per ogni eventualità. Per ogni eventualità. Aprì il cassetto e guardò dentro. Lo fece scorrere avanti e indietro per la ventesima volta, assicurandosi che scivolasse bene. Si sedette e cercò di leggere prima il «Globe» e poi l'«Herald». Mise le mani sul piano del tavolo.

Eric non si fece vedere.

Bob non sapeva cosa pensare, ma la cosa gli dava un groppo allo stomaco, vi si agitava come un granchio, zampettando freneticamente avanti e indietro in preda al terrore.

Attese ancora e poi ancora, ma alla fine divenne troppo tardi per continuare ad aspettare.

Lasciò la pistola al suo posto. Avvolse i soldi in un sacchetto di plastica di Shaw's, li infilò nella tasca del giaccone e prese il guinzaglio.

In macchina aveva già caricato sul sedile posteriore il cesto smontato insieme a una coperta, qualche giocattolo da masticare, una ciotola e del cibo per cani. Stese un asciugamano sul sedile anteriore, vi sistemò Rocco e insieme si avventurarono nella loro giornata.

Davanti a casa di Cousin Marv, Bob lasciò Rocco a sonnecchiare nell'auto chiusa e con l'antifurto inserito e bussò.

Quando gli aprì, Dottie si stava già infilando il cappotto. Bob si fermò nell'ingresso accanto a lei, battendo i piedi a terra per staccare il sale grosso dalle suole degli scarponcini.

«Dove stavi andando?» le chiese.

«Al lavoro. Nel fine settimana pagano una volta e mezza tanto, Bobby.»

«Credevo avessi preso la pensione anticipata.»

«Per farci cosa?» disse Dottie. «Un altro annetto o due, sperando che la flebite non peggiori troppo, e poi vedrò a che punto sono. Fa' in modo che il mio fratellino mangi qualcosa. Gli ho lasciato un piatto in frigo.»

«Okay» disse Bob.

«Deve solo metterlo un minuto e mezzo nel microonde. Buona giornata.»

«Anche a te, Dottie.»

Dottie si sporse verso l'interno della casa e gridò con tutto il fiato che aveva nei polmoni: «Io vado in ufficio!».

«Buona giornata, Dot» rispose Cousin Marv.

«Anche a te!» strillò lei. «Mangia qualcosa!»

Scambiò un bacio sulla guancia con Bob e se ne andò.

Bob percorse il corridoio fino al tinello e trovò Cousin Marv stravaccato sulla poltrona reclinabile davanti alla televisione. Stavano trasmettendo uno speciale pre-partita, con Dan Marino e Bill Cowher nei loro completi da quattromila dollari che scarabocchiavano $X$ e $O$ su una lavagna.

«Dottie dice che devi mangiare qualcosa» esordì Bob.

«Dottie dice un sacco di cose» obiettò Marv. «E al massimo volume, anche.»

«Forse deve farlo, perché tu l'ascolti.»

«E questo che significa di preciso? Spiegamelo, che sono un po' tardo.»

«La giornata più importante dell'anno e non ti fai neanche trovare al telefono?» chiese Bob.

«Oggi non vengo» rispose Cousin Marv. «Chiama il servizio precari.»

«"Chiama il servizio precari"» ripeté Bob. «Gesù, l'ho già chiamato. È il Super Bowl.»

«E perché hai bisogno di me?» domandò Marv.

Bob si sedette sull'altra Barcalounger. Da ragazzo quella stanza gli piaceva, ma col passare del tempo era rimasta perfettamente identica a eccezione di un televisore nuovo ogni cinque anni, e ora aveva un che di straziante. Come una pagina di calendario che nessuno si fosse più preso la briga di girare.

«Non ho bisogno di te» rispose. «Ma vuoi rinunciare alle mance più generose dell'anno?»

«Ah, sicché adesso lavoro per le mance.» Vestito con una ridicola tuta da ginnastica rossa, bianca e blu dei Patriots, Cousin Marv non staccava gli occhi dallo schermo. «Hai mai letto il nome del bar? È il mio. E sai perché? Perché una volta anche il *locale* era mio.»

«Covi quella perdita come se fosse l'unico polmone che ti è rimasto» disse Bob.

Marv ruotò la testa di scatto e lo fulminò con un'occhiata. «Stai diventando insolente, da quando hai raccolto quel cane che hai scambiato per un figlio.»

«Non puoi tornare indietro» disse Bob. «Hanno fatto pressione, tu hai ceduto ed è finita. È finita da un pezzo.»

Cousin Marv allungò la mano sulla leva lungo il

fianco della poltrona. «Non sono io quello che ha sprecato la sua vita ad aspettare che iniziasse.»

«È questo che ho fatto?» chiese Bob.

Marv tirò la leva e posò i piedi a terra. «Sì. Sicché fanculo a te e ai tuoi sognetti del cazzo. La gente mi temeva, una volta. Quello sgabello su cui lasci sedere quella vecchia, un tempo era il mio sgabello. E nessuno lo occupava, perché era il posto di Cousin Marv. Significava qualcosa.»

«No, Marv, era solo una sedia.»

Marv tornò a guardare la tivù. Sullo schermo, Boomer e JB se la stavano ridendo.

Bob si sporse verso di lui e gli si rivolse sottovoce ma con estrema chiarezza. «Stai tentando un'altra mossa disperata? Marv, ascoltami. Dammi retta. Stai facendo qualcosa a cui stavolta non potremo rimediare?»

Cousin Marv si abbandonò all'indietro sulla poltrona fino a far rialzare il poggiapiedi. Evitò di guardare in faccia Bob. Si accese una sigaretta. «Levati dai coglioni. Sul serio.»

Bob sistemò il cesto nel retro del locale, vi stese la coperta e gettò dentro i giocattoli da masticare, ma per un po' lasciò Rocco libero di girare. Il peggio che poteva capitare era che cagasse da qualche parte, e nel bar c'erano i prodotti di pulizia e una manichetta con cui ovviare al problema.

Si portò dietro il banco. Si tolse di tasca il sacchetto con i diecimila dollari e lo posò sullo scaffale basso, accanto alla 9mm semiautomatica che Cousin Marv aveva saggiamente scelto di non usare durante la rapina.

Spinse soldi e pistola in fondo alla mensola usando una confezione ancora sigillata di sottobicchieri. Poi ne sistemò un'altra davanti alla prima.

Guardò Rocco correre qua e là e annusare ogni cosa, spassandosela un sacco, e con la diserzione di Marv, che aveva scelto proprio quel giorno per non essere dove avrebbe dovuto essere, il mondo gli apparve una distesa di sabbie mobili. Non c'era alcuna base solida. Non c'era un solo punto su cui poggiare i piedi.

Com'era potuto succedere?

*Perché hai lasciato entrare il mondo, Bobby*, disse una voce che somigliava terribilmente a quella di sua madre. Hai lasciato entrare questo mondo intriso di peccato. E l'unica cosa che nasconde sotto il suo manto è il buio.

Però, mamma...

Sì, Bobby?

Era ora. Non posso vivere per l'altro mondo. Adesso devo vivere in questo.

Così dicono i peccatori. Lo dicono fin dai tempi dei tempi.


Un macilento Tim Brennan venne condotto nella sala visite della prigione di Concord e fatto sedere davanti a Torres.

«Grazie di avermi ricevuto, Mr Brennan» disse questi.

«La partita sta per cominciare» ribatté Tim Brennan. «Non voglio perdere il posto.»

«Non si preoccupi, me ne vado subito. C'è qualcosa che può dirmi riguardo a Richie Whelan? Qualsiasi cosa?»

Brennan venne preso da un improvviso, violento accesso di tosse. Sembrava che stesse affogando in un miscuglio di catarro e lame di rasoio. Quando finalmente riacquistò il controllo, passò un altro minuto a rantolare con le mani al petto. E quando tornò a guardare Torres attraverso il tavolo, lo fece con gli occhi di chi aveva già avvistato l'altro mondo.

«Ai miei figli ho detto di avere un virus di stomaco» spiegò. «Mia moglie e io non sappiamo come dirgli che qui dentro mi sono ammalato di aids. E così ci siamo inventati una storia finché non saranno pronti per la verità. Lei quale vuole?»

«Chiedo scusa?»

«Vuole la storia della notte in cui Richie Whelan morì? Oppure vuole la verità?»

Torres sentì prudere i capelli come gli succedeva ogni volta che un caso stava per risolversi, ma non mutò l'espressione amabile e disponibile del suo sguardo. «Qualunque sia l'offerta del giorno, Tim.»

Eric Deeds penetrò in casa di Nadia con l'ausilio di una carta di credito e di uno di quei minuscoli cacciaviti che di solito si usano per stringere le viti degli occhiali. Gli ci vollero quattordici tentativi, ma in strada non c'era nessuno e nessuno lo vide sul portico. Tutti avevano già fatto i loro acquisti (la birra e le patatine, il purè di carciofi e quello di cipolle e la salsa, le ali di pollo e le puntine di maiale alla griglia, i popcorn) e ora erano stravaccati in attesa del calcio d'inizio, a cui in realtà mancavano ancora tre ore, ma a chi frega più qualcosa dell'ora esatta quando si è cominciato a bere a mezzogiorno?

Una volta dentro, Eric si fermò ad ascoltare i suoni della casa e ripose in tasca cacciavite e carta di credito, la quale era uscita alquanto malconcia dallo scasso. Fanculo, tanto era bloccata già da mesi.

Percorse il corridoio e aprì le porte del salotto, della sala da pranzo, del bagno e della cucina.

Poi salì al primo piano ed entrò in camera da letto.

Andò dritto all'armadio a muro. Rovistò fra i vestiti. Ne annusò alcuni. Odoravano di lei, un vago miscuglio di arancia, ciliegia e cioccolato. Era quello il profumo di Nadia.

Eric si sedette sul letto.

Si rialzò e si portò davanti allo specchio, passandosi le dita nei capelli.

Scostò le lenzuola sul letto. Si tolse le scarpe. Si raggomitolò in posizione fetale, coprendosi con le lenzuola. Chiuse gli occhi. Sorrise. Avvertì il sorriso raggiungergli il sangue e scorrergli in corpo. Si sentiva al sicuro. Come se fosse rientrato strisciando nel ventre materno. Come se potesse di nuovo respirare nell'acqua.

Dopo che quello stronzo di suo cugino se ne fu andato, Marv si mise al lavoro al tavolo della cucina. Vi stese alcuni sacchi verdi della spazzatura e li unì con del nastro isolante. Prese una birra dal frigo e ne scolò metà, fissando i sacchi. Come se fosse possibile tornare indietro.

Ma non lo era. Non lo era mai stato.

Da un certo punto di vista era un peccato, perché in quel momento, lì in piedi nella sua merdosa cucina, Marv si rese conto che tutto questo gli sarebbe mancato. Gli sarebbe mancata sua sorella, gli sarebbe mancata questa casa, gli sarebbero mancati perfino il bar e suo cugino Bob.

Ma il danno era fatto. La vita era rimpianto, dopotutto. E alcuni rimpianti (quelli che nutrivi su una spiaggia thailandese, per esempio, più di quelli che potevi avere in un cimitero del New England) erano facilmente digeribili.

Alla Thailandia. Rivolto alla cucina vuota, Marv levò la birra in un brindisi e poi la scolò.

Eric si sedette sul divano del salotto. Bevendo una Coca che aveva trovato nel frigo di Nadia (nel *loro* frigo, presto sarebbe diventato il *loro* frigo), prese a fissare la tappezzeria sbiadita che probabilmente era lì fin da prima che Nadia nascesse. Sarebbe stata la prima a scomparire, quella vecchia carta da parati anni Settanta. Non erano più gli anni Settanta, non era nemmeno più il ventesimo secolo. Era un giorno nuovo.

Finita la Coca, riportò la lattina in cucina e si preparò un panino con degli affettati che trovò nel frigorifero.

Udì un rumore, alzò gli occhi sulla porta e lei era lì. Nadia. E lo guardava. Incuriosita, certo, ma non impaurita. Una luce gentile nei suoi occhi. Una grazia affettuosa.

«Oh, ciao» disse Eric. «Come stai? Ne è passato, di tempo. Vieni, accomodati.»

Lei rimase dov'era.

«Sì, no, siediti» insistette Eric. «Siediti. Ho delle cose da dirti. Ho dei progetti. Sì, progetti. Capisci? C'è una vita nuova, là fuori, che attende solo, solo gli audaci.»

Scosse la testa. Non si era piaciuto. Abbassò il capo,

rialzò gli occhi sulla porta di servizio. Non c'era nessuno. Continuò a fissarla finché lei non si materializzò, e quando lo fece non era più vestita in jeans e camicia a scacchi stinta. Indossava un abito scuro con minuscoli pois, e la sua pelle, la sua pelle scintillava.

«Oh, *ciao*» esclamò Eric con gioia. «Come va la vita, ragazza mia? Vieni, siedi...»

Si interruppe udendo il rumore di una chiave che girava nella serratura dell'ingresso. La porta si aprì. Si richiuse. Una borsetta venne appesa a un gancio. Un mazzo di chiavi venne posato su un tavolino. Gli scarponcini sfilati colpirono il pavimento con un tonfo.

Eric si mise comodo sulla sedia, cercando di assumere una posa rilassata. Si sfregò leggermente le mani per eliminare le briciole e si toccò i capelli per sincerarsi che fossero a posto.

Nadia entrò in cucina. La vera Nadia. Felpa con cappuccio, maglietta e pantaloni cargo mimetici. Eric avrebbe preferito un'immagine un po' meno da lesbica, ma ne avrebbero parlato.

Lei lo vide e aprì la bocca.

«Non gridare» disse lui.

La giornata cominciò a prendere davvero quota più o meno quattro ore prima dell'inizio della partita. Un tempismo perfetto, visto che fu proprio allora che arrivarono i precari dell'agenzia. Presero subito a infilarsi i grembiuli e impilare bicchieri mentre Bob parlava con il responsabile, un uomo dai capelli rossi con una di quelle facce da luna piena che non invecchiano mai. «Il contratto arriva fino a mezzanotte» gli spiegò questi.

«Gli straordinari dovremo fatturarveli. Le ho procurato due garzoni per il trasporto delle casse, la rimozione dei rifiuti e il ghiaccio. Ma provi a chiedere una sola di queste cose ai baristi, e li sentirà recitare le regole sindacali manco fossero il *Libro di Ezechiele*.»

Gli porse il modulo sulla lavagnetta, e Bob lo firmò.

Quando rientrò in sala, il primo galoppino stava già varcando la soglia del locale. Posò un giornale sul banco con una busta marroncina che sbucava appena dalle pieghe e Bob lo trasse a sé e infilò la busta nella fessura sotto il bar. Quando tornò a voltarsi, il galoppino era già scomparso. Tutto lavoro e niente svago. Era quel tipo di serata.

Cousin Marv uscì di casa e raggiunse l'auto. Aprì il bagagliaio, prese i sacchi della spazzatura uniti col nastro isolante e li stese sul fondo del baule. Usò dell'altro nastro per assicurarne i bordi ai lati.

Rientrò in casa e recuperò la trapunta che teneva nell'ingresso. La stese sopra la plastica. Per qualche istante osservò la propria opera, quindi riabbassò il bagagliaio, caricò la valigia dietro il sedile del guidatore e chiuse la portiera.

Tornò in casa a stampare i biglietti aerei.

Quando si fermò accanto alla sua auto senza contrassegni al Pen' Park, Torres vide che Romsey questa volta era sola. Per un attimo si disse che magari avrebbero potuto darci dentro sul sedile posteriore come ai bei tempi andati, fingere di essere ancora al vecchio drive-in, di essere ancora stupidi e giovani e di avere ancora una vita, due vite davanti a loro, due vite ancora intatte, non ancora butterate dalle scelte sbagliate o ferite da fallimenti ricorrenti grandi e piccoli.

La settimana prima ci erano ricascati di nuovo. L'alcol, naturalmente, era stato un fattore importante. A cose fatte, Romney aveva chiesto: «È tutto qui, quello che sono?».

«Per me? No, *chica*, tu sei...»

«Per me. È tutto qui quello che sono per me?»

Torres non sapeva cosa cazzo intendesse, ma sapeva che non era niente di buono, e così era rimasto tranquillo finché lei non si era fatta risentire quella mattina, dicendogli di muovere il culo e presentarsi al Pen' Park.

Si era preparato un discorso nel caso in cui dopo averlo fatto le fosse venuta quella sua tipica espressione, quel suo sguardo privo di speranza e pieno di autodisprezzo, quello con cui penetrava nelle profondità di se stessa.

"Piccola," le avrebbe detto "noi due insieme siamo le parti più vere di noi stessi. Per questo non riusciamo a lasciarci. Ci guardiamo e non giudichiamo. Non condanniamo. Accettiamo e basta."

Gli era sembrato meglio quando l'aveva pensato l'altra sera al bar, seduto da solo a scarabocchiare su un foglio. Ma sapeva che l'istante in cui l'avesse guardata negli occhi, traendone energia, avrebbe creduto a ogni singola parola. E avrebbe convinto anche lei.

Aprendo la portiera e salendo sul sedile di destra vide che era vestita da sera: abito di seta verde scuro, scarpe nere scollate, un soprabito nero che sembrava di cashmere.

«Cazzo, quanto sei appetitosa» commentò.

Romsey roteò gli occhi. Infilò la mano fra i sedili, ne riemerse con una cartella e gliela gettò in grembo. «La cartella psichiatrica di Eric Deeds. Hai tre minuti di tempo per leggerla, e spero che quelle ditacce non siano sporche d'unto.»

Torres alzò le mani e agitò le dita. Lei pescò un portacipria dalla borsetta e prese a ritoccarsi il trucco guardandosi nello specchietto.

«Ti conviene cominciare» disse.

Torres aprì la cartella, lesse il nome stampigliato in cima (DEEDS, ERIC) e iniziò a scorrere il documento.

Romsey tirò fuori il rossetto e se lo portò alle labbra.

«Non farlo» disse Torres senza staccare gli occhi dal foglio. «*Chica*, le tue labbra sono più rosse di un tramonto giamaicano e più carnose di un pitone birmano. Non si scherza con la perfezione.»

Lei lo guardò, e per un attimo parve colpita. Ma poi si applicò comunque il rossetto. Torres liberò un sospiro.

«Come dare una mano di Ducotone su una Ferrari. Con chi esci, fra l'altro?»

«Con uno.»

Voltò pagina. «Uno. Uno chi?»

«Un tipo speciale» rispose lei, e qualcosa nel suo tono costrinse Torres a guardarla. Per la prima volta si rese conto che oltre a essere uno schianto, Lisa sembrava anche star bene. Come se fosse illuminata dall'interno. E la luce riempiva l'auto in modo così completo che non sapeva come avesse fatto a non notarla prima.

«E dove l'hai conosciuto, questo tipo speciale?»

Lisa indicò la cartella. «Continua a leggere. Il tempo corre.»

Torres obbedì.

«Sul serio» riprese. «Questo tipo speciale è forse...»

Le parole gli si spensero in gola. Risalì la pagina con gli occhi fino a tornare alla lista di incarcerazioni e ricoveri di Deeds. Forse aveva sbagliato a leggere una data. Girò una pagina, poi un'altra.

«Che io sia dannato» disse.

«Come se già non lo fossi.» Romsey indicò la cartella. «Ti può servire?»

«Non lo so» rispose Torres. «Ma di sicuro ha risposto a una domanda importante.»

«Ed è un bene, giusto?»

Lui si strinse nelle spalle. «Ha risposto a una domanda, ma ne ha create una caterva di nuove.» Richiuse la cartella, sentendosi ghiacciare il sangue come le acque dell'Atlantico. «Ho bisogno di un drink. Ti offro da bere?»

Romsey gli scoccò un'occhiata incredula. Si indicò i vestiti, i capelli, il trucco. «Ho altri programmi, Evandro.»

«Un'altra volta, allora» disse Torres.

E il detective Lisa Romsey gli rivolse un lento, triste cenno di diniego con la testa. «Il tipo speciale di cui ti dicevo, lo conosco da quasi una vita» disse. «Siamo amici da un pezzo, capisci? Per anni è stato via, ma non ci siamo mai persi di vista. E adesso che anche il suo matrimonio è fallito, è tornato. E un bel giorno, un paio di settimane fa, sto bevendo un caffè insieme a lui e all'improvviso mi rendo conto che quando mi guarda, lui mi vede.»

«Io ti vedo.»

Un'altra scossa del capo. «Tu vedi solo la parte di me che ti assomiglia. E non è la parte migliore, Evandro. Mi dispiace. Ma il mio amico, il mio *amico* mi guarda e vede il meglio di me.» Fece schioccare le labbra. «E così, di punto in bianco...» Fece spallucce. «...l'amore.»

Torres la guardò per qualche istante. Ed eccola, senza alcun preavviso: la fine di ciò che c'era stato fra loro. Qualunque cosa fosse quel "ciò", ora non c'era più. Le restituì la cartella.

Scese dall'auto, e lei partì ancora prima che avesse raggiunto la sua.

# 15

## Ora di chiusura

I galoppini andavano e venivano. Dentro e fuori per l'intera serata. Bob infilò una tale quantità di soldi nella fessura che ne avrebbe uditi i tonfi sordi nei suoi sogni, ne era sicuro.

Davanti al banco c'erano costantemente tre file di avventori, ma appena dopo l'intervallo si creò un varco momentaneo e Bob scorse Eric Deeds seduto al tavolino traballante sotto lo specchio della Narragansett. Tendeva un braccio sul tavolo, e Bob lo percorse con gli occhi e vide che stava toccando il braccio di qualcun altro. Dovette spostarsi lungo il banco per vedere meglio, aggirando un gruppo di ubriachi con lo sguardo, e immediatamente rimpianse di averlo fatto. Rimpianse di essere venuto al lavoro. Rimpianse di essere sceso dal letto ogni giorno dopo Natale. Rimpianse di non poter far tornare indietro l'orologio della sua vita, riportandolo al giorno in cui aveva percorso quell'isolato e trovato Rocco davanti a casa di lei.

A casa di Nadia.

Era il braccio di Nadia quello che Deeds stava toccando, ed era il volto di Nadia quello che stava fissando Eric con espressione indecifrabile.

Riempiendo di ghiaccio un bicchiere, Bob ebbe la sensazione di versare i cubetti nel proprio stesso petto, di rovesciarseli nello stomaco e alla base della spina dorsale. Che cosa sapeva di Nadia, dopotutto? Sapeva di aver trovato un cane in fin di vita nella spazzatura davanti a casa sua. Sapeva che lei aveva trascorsi di qualche tipo con Eric Deeds, e che Eric Deeds era comparso nella sua vita, in quella di Bob, soltanto dopo che lui l'aveva conosciuta. Sapeva che il suo secondo nome, per come erano andate le cose fino a quel momento, avrebbe potuto essere Menzogne di Omissione. Forse quella cicatrice sul collo non era stata lei a procurarsela, forse era opera dell'ultimo tizio che aveva fregato.

All'età di ventott'anni, una domenica mattina Bob era entrato in camera di sua madre con l'intenzione di svegliarla per la messa. Quando l'aveva scossa, lei non gli aveva schiaffeggiato via la mano come al solito. L'aveva girata verso di sé e aveva visto che la sua faccia era contratta, accartocciata su se stessa, e così gli occhi, e che la sua pelle era grigia come un cordolo di marciapiede. Quella sera, dopo *Il commissario Scali* e il telegiornale delle undici, lei era andata a letto e si era svegliata con il pugno di Dio serrato attorno al cuore. Probabilmente nei suoi polmoni non era rimasta abbastanza aria da poter gridare. Sola nel buio, le dita ad artigliare le lenzuola, i pugni stretti, il volto contratto, gli occhi strizzati, la terribile, nascente consapevolezza che tutto finisce, anche per te e in questo preciso momento.

In piedi davanti a lei, quel mattino, immaginando

l'ultimo battito del suo cuore, l'ultimo solitario desiderio che il suo cervello era riuscito a formare, Bob aveva provato un dolore che non immaginava avrebbe più sentito.

Fino a stasera. Fino a ora. Fino a quando capì cosa significava quell'espressione sul volto di Nadia.

A metà del terzo tempo, Bob si portò davanti a un gruppo di uomini al banco. Uno di questi gli dava la schiena, e c'era un che di familiare nella forma della sua nuca; Bob era sul punto di capire cosa fosse quando Rardy si girò e gli fece un gran sorriso.

«Ehi, Bobby, ragazzo mio, come va?» disse.

«Noi, noi...» rispose Bob «...eravamo preoccupati per te.»

Rardy aggrottò comicamente le sopracciglia. «Voi, voi lo eravate? A proposito, dacci sette birre e sette bicchierini di Cuervo.»

«Credevamo fossi morto» disse Bob.

«E perché dovrei essere morto? Semplicemente, non mi andava di lavorare in un posto dove per poco non mi ammazzavano. Di' a Marv che avrà notizie dal mio avvocato.»

In quel momento scorse Eric Deeds solcare la folla verso l'estremità opposta del banco, e quella vista gli fece provare qualcosa nel profondo, qualcosa di crudele. «Magari le riferisco a Chovka, le tue lamentele» disse a Rardy. «Direttamente ai piani alti, che ne dici? Buona idea?»

Rardy fece una risata tagliente, cercando di mostrare disprezzo ma non arrivandoci neanche vicino. Scosse ripetutamente la testa, come se Bob non avesse capito, come se non capisse niente.

«Versaci le birre e le tequile.»

Bob si sporse sul banco, avvicinandoglisi abbastanza da sentire l'odore di tequila nel suo alito. «Vuoi bere? Fatti servire da un barista che non sa che sei un pezzo di merda.»

Rardy rimase di sasso, ma a quel punto Bob si era già allontanato. Passò dietro a due dei precari, si portò all'estremità opposta del banco e vide avanzare Eric Deeds.

«Una Stoli con ghiaccio, amico» disse questi quando lo raggiunse. «E per la signora il Chardonnay della casa.»

Bob gli versò da bere. «Non ti ho visto, stamattina.»

«No? Be'...»

«Allora non li vuoi, i soldi.»

«Ce li hai dietro?» chiese Eric.

«Dietro cosa?»

«Ce li hai. Sei quel tipo di persona.»

«Quale tipo?»

«Il tipo che si porta dietro i soldi.»

Bob gli allungò la Stoli e versò un bicchiere di Chardonnay. «Lei perché è qui?»

«È la mia ragazza. Sempre e per sempre, hai presente.»

Bob fece scivolare il bicchiere verso di lui. Si sporse sul banco. Eric fece lo stesso.

«Dammi quel foglietto e te ne puoi andare con i soldi» disse Bob.

«Quale foglietto?»

«Quello del microchip. Girami la proprietà e la licenza.»

«E perché dovrei farlo?

«Perché ti sto pagando. Non era quello l'accordo?»

«È *un* accordo» disse Eric.

Il suo cellulare iniziò a suonare. Lo guardò e sollevò un dito rivolto a Bob. Poi prese i bicchieri e si rituffò nella folla.

E adesso bisognava aggiungerci anche Peyton Manning, alla lista di quelli che l'avevano messo nel culo a Cousin Marv. Il figlio di puttana era sceso in campo con il suo braccio miliardario e il suo contratto miliardario e aveva scagazzato sull'intera difesa dei Seahawks. Al momento c'erano due tipi di batoste in corso: quella che Seattle stava dando a Denver e quella che Denver stava somministrando a tutti gli scommettitori del paese che ci avevano puntato i loro soldi. Marv, uno di quegli scommettitori (perché che senso aveva continuare ad astenersi dalle cattive abitudini quando eri abbastanza pazzo da fregare qualche milione di dollari alla mafia cecena?), avrebbe perso cinquanta pezzi da mille su quella cazzo di partita. Non che avesse intenzione di trattenersi e pagare il debito. E se questo avesse fatto incazzare Leo Coogan e i suoi ragazzi di Upham Corner, be', che si mettessero in coda. Che prendessero il loro numerino del cazzo.

Dal telefono in cucina Marv chiamò il giovane Deeds per capire quando avesse intenzione di presentarsi al bar e rimase scioccato e nauseato nello scoprire che era già lì da un'ora.

«Che cazzo stai facendo?» sbottò.

«Dove altro dovrei andare?» ribatté Deeds.

«Da nessuna parte. Dovresti essere a casa, dove nessuno ti può vedere prima che tu, hai presente, rapini il locale.»

«Passo sempre inosservato, non ti preoccupare.»

«Non capisco» disse Marv.

«Non capisci cosa?»

«Era così semplice: ti presenti al momento stabilito, colpisci e te ne vai. Perché non c'è più nessuno al mondo che sa rispettare un piano, porca puttana? Cos'ha la vostra generazione, vi ficcate nel culo supposte di ADD prima di uscire di casa la mattina?»

Andò a prendere un'altra birra dal frigo.

«Non ti preoccupare» ripeté Deeds. «Sto penetrando nella sua mente, lo sto innervosendo.»

«Nella mente di chi?»

«Di Bob.»

«Se gli penetrassi davvero nella mente ti metteresti a gridare, e non stai gridando.» Marv aprì la birra e raddolcì leggermente il tono. Meglio avere un socio tranquillo che uno convinto che tu sia incazzato con lui. «Ascolta, so che impressione fa, ma dico sul serio, non ti conviene provocarlo. Lascialo stare e non attirare l'attenzione.»

«Ah» fece Eric. «E per il prossimo paio d'ore cosa dovrei fare?»

«Sei in un bar. Non bere troppo, mantieni la calma e alle due ci vediamo nel vicolo. Ti sembra un buon piano?»

La risata che fuoriuscì dalla cornetta era forzata e al tempo stesso immatura come quella di una ragazzina, quasi Eric stesse ridendo di una battuta che nessun altro aveva sentito e che in ogni caso nessuno avrebbe capito.

«Mi sembra *un* piano» disse, e chiuse la comunicazione.

Marv guardò il suo telefono. I giovani d'oggi. Era come se il giorno in cui a scuola insegnavano la responsabilità individuale l'intera merdosa generazione si fosse data malata.

Con la fine della partita la clientela si diradò molto, anche se quelli che rimasero erano più rumorosi e più ubriachi e combinavano più disastri nei bagni.

Dopo un po' cominciarono a scomparire anche loro. Rardy aveva perso i sensi nella zona del biliardo e i suoi amici lo trascinarono via a braccia, uno di loro continuando a lanciare occhiate di scusa verso Bob.

Di tanto in tanto Bob controllava Eric e Nadia, ancora seduti allo stesso tavolo e immersi nella loro conversazione. Ogni volta che lo faceva si sentiva più sminuito di prima. Se avesse continuato a guardarli, prima o poi sarebbe svanito nel nulla.

Dopo quattro Stoli, finalmente Eric andò in bagno e Nadia si portò davanti al banco.

Bob si sporse verso di lei. «Stai con lui?»

«*Cosa?*» esclamò Nadia.

«È così? Dimmelo.»

«Dio mio, cosa dici? No. No che non sto con lui. No, no, no. Bob, oggi pomeriggio rientro a casa e me lo ritrovo in cucina con una pistola nella cintura manco fosse in *Silverado*. Mi dice che devo venire al bar con lui, che ti deve vedere.»

Bob voleva crederle. Aveva una tale voglia di crederle che temeva di essere sul punto di esplodere, sputando tutti i denti sul banco. Finalmente riuscì a guardarla bene negli occhi e scorse qualcosa che non riuscì a decifrare del tutto, ma che di sicuro non era eccitazione, o compiacimento, o il sorrisetto pungente di chi si sente vittorioso. Forse era qualcosa di ancora peggio: disperazione.

«Da solo non ce la posso fare» le disse.

«Fare cosa?» chiese Nadia.

«È troppo difficile, capisci? Sono dieci anni che sconto questa... questa cazzo di pena, ogni giorno, perché pensavo che in qualche modo avrebbe potuto azzerare il conto quando fossi arrivato all'altro mondo. Avrei potuto rivedere mia madre e il mio vecchio e tutto il resto, hai presente? Ma non credo che verrò mai perdonato. Non penso che dovrei esserlo. Ma... è proprio necessario che mi ritrovi solo all'altro mondo e *anche* in questo?»

«Nessuno deve essere solo, Bob.» Nadia posò la mano sulla sua. Fu solo un secondo, ma bastava. Bastava. «Nessuno.»

Eric uscì dai bagni e si fece strada fino al banco. Si rivolse a Nadia e indicò il tavolo con il pollice. «Fai la brava e va' a prendere i bicchieri, ti spiace?»

Bob si allontanò per preparare un conto.

All'una e tre quarti il locale era ormai vuoto; restavano solo Eric, Nadia e Millie, che all'una e cinquantacinque in punto se ne sarebbe andata, diretta alla casa di riposo di Edison Green. Millie chiese il posacenere e Bob glielo allungò, guardandola gustarsi il suo drink e una sigaretta dalla cui brace la cenere s'incurvava come un artiglio.

Eric gli rivolse un gran sorriso e chiese sottovoce tra i denti: «Quando se ne va, la vecchiaccia?».

«Fra un paio di minuti» rispose Bob. «Perché l'hai portata?»

Eric guardò Nadia, china in avanti sullo sgabello accanto al suo. Poi si sporse sul banco. «Dovresti renderti conto di quanto faccio sul serio, Bob.»

«Lo so che fai sul serio.»

«*Pensi* di saperlo, ma non lo sai. Se cerchi di fregarmi, se ci provi soltanto, non m'importa quanto ci metterò, ma la violenterò fino a squartarla. E se hai in mente qualche scherzo del genere Eric-da-qui-non-esce-vivo, se ti sei fatto un'idea di quel tipo, il mio complice nell'omicidio di Richie Whelan ve la farà pagare di brutto.»

Si rilassò all'indietro sullo sgabello mentre Millie metteva sul banco la stessa mancia che lasciava dal lancio dello Sputnik, un quarto di dollaro, e scivolava giù dal suo. Si rivolse a Bob con un raschio che era 10 per cento corde vocali e 90 per cento Virginia Slim Ultra Light 100: «Okay, vado».

«Stammi bene, Millie.»

«Sì, sì, sì» disse con un andirivieni della mano, aprì la porta e uscì.

Bob chiuse a chiave dietro di lei, tornò dietro il banco e cominciò a pulirlo. «Permesso» disse quando arrivò ai gomiti di Eric.

«Giraci intorno.»

Tracciò un semicerchio con lo strofinaccio.

«Chi è il tuo complice?» domandò.

«Non sarebbe una gran minaccia se sapessi chi è, non trovi?»

«Ma ti ha dato una mano ad ammazzare Richie Whelan?»

«È la voce che gira» disse Eric.

«È più di una voce.» Bob passò lo straccio davanti a Nadia, vide i segni rossi sui polsi che Eric le aveva lasciato strattonandola. Si chiese se avesse altri segni che lui non poteva vedere.

«D'accordo, Bob, è più di una voce. Che ci vuoi fare.»

«Che ci vuoi fare cosa?»

«Che ci vuoi fare e *basta*.» Eric si accigliò. «Che ore sono, Bob?»

Bob abbassò la mano sotto il banco. Pescò i diecimila dollari avvolti nel sacchetto. Srotolò il sacchetto, ne sfilò i soldi e li posò sul banco di fronte a Eric.

Eric li guardò. «E questi cosa sono?»

«I diecimila che volevi» disse Bob.

«Per cosa? Ricordamelo.»

«Per il cane.»

«Il cane. Giusto, giusto, giusto» sussurrò Eric. Rialzò gli occhi. «Ma Nadia quanto vale?»

«Sicché è così» fece Bob.

«A quanto pare» disse Eric. «Aspettiamo tranquilli qualche altro minuto e alle due diamo un'occhiata nella cassaforte.»

Bob si girò verso le bottiglie e scelse una vodka polacca. Era la migliore, a dire il vero: la Orkisz. Se ne versò un bicchiere. Lo bevette. Pensò a Marv e se ne concesse un altro, questa volta doppio.

«Una decina d'anni fa Marv aveva un problema di cocaina, lo sapevi?» disse a Eric Deeds.

«No, Bob, non lo sapevo.»

«Non è necessario che tu ripeta sempre il mio nome.»

«Vedrò cosa posso farci, Bob.»

«Comunque, a Marv la coca piaceva un po' troppo, e a un certo punto divenne un problema.»

«Sono quasi le due, Bob.»

«Ai tempi era più che altro uno strozzino. Certo, faceva anche un po' di ricettazione, ma era fondamentalmente un usuraio. E c'era 'sto ragazzo che gli doveva una barca di soldi. Un caso disperato, quando si trattava di giocare sui cani o sul basket. Il genere che non sarebbe mai riuscito a ripagare tutti i debiti.»

«Una e cinquantasette, Bob.»

«Tranne che un bel giorno il ragazzo vince diciassettemila dollari a una slot machine giù a Mohegan. Poco più di quanto doveva a Marv.»

«Ma il ragazzo non salda il suo debito, e così tu e Marv gli date una severa lezione, e io dovrei imparare...»

«No, no. Saldò tutto, fino all'ultimo centesimo. Quello che il ragazzo non sapeva, però, era che Marv faceva la cresta sulle entrate. Per via della coca. Sicché i soldi del ragazzo erano come manna dal cielo, a patto che non si sapesse che erano arrivati da lui. Capisci cosa ti sto dicendo?»

«Bob, cazzo, manca un minuto alle due.» Sul labbro di Eric si era formato un velo di sudore.

«Capisci cosa ti sto dicendo?» ripeté Bob. «Capisci quello che ti sto raccontando?»

Eric guardò la porta per sincerarsi che fosse chiusa a chiave. «Sì, d'accordo. Il ragazzo andava ripulito.»

«Andava ucciso.»

Un rapido sguardo con la coda dell'occhio. «Okay, ucciso.»

«In quel modo non avrebbe mai potuto dire che aveva

ripagato Marv, né avrebbe potuto dirlo nessun altro. Marv usa i soldi per tappare tutti i buchi, smette di sniffare ed è come se nulla fosse mai successo. E fu quello che facemmo.»

«Che faceste...» ripeté Eric. Sembrava poco coinvolto dalla conversazione, ma nella sua testa aveva cominciato ad avvertire un vago allarme. Staccò gli occhi dall'orologio e li portò su Bob.

«Lo uccidemmo nel mio scantinato» proseguì questi. «Sai come si chiamava?»

«Non saprei, Bob.»

«Certo che lo sai.»

«Gesù?» sorrise Eric.

Bob non lo imitò. «Richie Whelan.»

Allungò la mano sotto il banco e risalì con la 9mm. Non si era accorto che la sicura era inserita, e così quando premette il grilletto non accadde nulla. Eric ritrasse la testa e cercò di spingersi all'indietro dalla ringhiera del banco, ma Bob tolse la sicura con uno scatto del pollice e gli sparò, colpendolo appena sotto la gola. Il botto risuonò come una lastra di alluminio divelta dalla fiancata di una casa. Nadia strillò. Non un grido lungo, ma reso stridulo dallo shock. Eric fece un gran chiasso cadendo all'indietro dallo sgabello, e quando Bob aggirò il banco era già in fin di vita, anche se non ancora morto. Il ventilatore da soffitto gli proiettava sottili strisce d'ombra sul volto. Le sue guance si gonfiavano e sgonfiavano come se cercasse di prendere fiato e allo stesso tempo di baciare qualcuno.

«Mi spiace, ma voi giovani» disse Bob «non avete un minimo di educazione. Andate in giro vestiti come se foste ancora nel salotto di casa. Dite cose orribili sulle donne. Fate del male ai cani indifesi. Mi hai stufato, ragazzo.»

Eric lo fissava dal pavimento. Fece una smorfia come se gli bruciasse lo stomaco. Sembrava incazzato. Frustrato. L'espressione si bloccò come se gli fosse stata cucita sul volto, e l'istante successivo Eric non era più lì, non era più nel suo corpo. Era andato. Era morto.

Bob lo trascinò nella cella frigorifera.

Quando tornò spingendo il mocio e il secchio davanti a sé, Nadia era ancora seduta sullo sgabello. Teneva la bocca leggermente più aperta del solito e non riusciva a distogliere gli occhi dal sangue sul pavimento, ma per il resto sembrava perfettamente normale.

«Non avrebbe mai smesso» disse Bob. «Quando qualcuno ti prende qualcosa e tu glielo permetti, quel qualcuno non prova gratitudine. Pensa solo che tu gli debba qualcos'altro.» Immerse il mocio nel secchio, lo strizzò e lo passò sopra la chiazza principale. «Sembra assurdo, vero? Ma è così. Si sente in diritto. E a quel punto non puoi più fargli cambiare idea.»

«Lui... cazzo, gli hai sparato» disse Nadia. «Gli hai... insomma...»

Bob ripassò il mocio in tondo sul punto critico. «Picchiava il mio cane.»

# 16

## Ultimo giro

Al volante della sua auto parcheggiata sotto il lampione spento, dove nessuno l'avrebbe notato, Marv guardò la ragazza uscire sola dal bar e allontanarsi nella direzione opposta.

Non aveva senso, maledizione. A quel punto Deeds avrebbe già dovuto essere fuori. Avrebbe dovuto essere fuori da una decina di minuti. Marv scorse un movimento dietro la finestra con l'insegna luminosa della Pabst. Il neon si spense, ma non prima di aver rivelato la parte superiore di una testa.

Bob. Soltanto Bob era abbastanza alto da spuntare da quella finestra. Per tirare la catenella dell'insegna, Eric Deeds avrebbe dovuto prendere la rincorsa e saltare. Ma Bob, Bob era grosso. Grosso e alto e molto, molto più intelligente di quanto il più delle volte desse a vedere, ed era anche il tipo da ficcare la sua canappia da impiccione nelle faccende altrui e incasinare tutto.

*È questo che hai fatto, Bob? Mi hai fregato? Hai rovinato la mia unica possibilità?*

Marv guardò la borsa sul sedile accanto, i biglietti

aerei che spuntavano dalla tasca anteriore come un dito medio teso.

Decise che la cosa più intelligente da fare era svoltare nel vicolo, penetrare nel locale dal retro e vedere cos'era successo. In realtà lo sapeva già, cos'era successo: Eric non era riuscito a fare il colpo. In un momento di disperazione, dieci minuti prima, Marv l'aveva addirittura chiamato sul cellulare senza ricevere risposta.

*Chiaro che non risponde. Perché è morto.*

*Non è morto*, si rispose. *Abbiamo superato quei tempi.*

*Tu, forse. Ma Bob...*

Fanculo. Avrebbe imboccato quel cazzo di vicolo e avrebbe controllato. Inserì la marcia, e stava per staccare il piede dal freno quando vide passare il SUV nero di Chovka, seguito a ruota dal furgone bianco. Riportò la leva sulla P e si abbassò sul sedile. Da sopra il cruscotto vide Chovka, Anwar e alcuni altri scendere dai due veicoli. Tutti tranne Chovka trasportavano sacche con rotelle. Anche da quella distanza si capiva che erano vuote, perché camminando verso l'ingresso del locale le facevano dondolare nel vuoto. Anwar bussò e attese insieme agli altri, soffiando nuvolette di fumo bianco nella notte. Poi la porta si aprì, e il gruppo diede la precedenza a Chovka e lo seguì all'interno.

*Cazzo*, imprecò Marv fra sé. *Cazzo cazzo cazzo.*

Tornò a guardare i biglietti aerei. Non gli sarebbe servito a molto arrivare a Bangkok dopo due giorni di viaggio senza un centesimo in tasca. Il piano era di partire con una quantità di denaro sufficiente a ungere le persone giuste per entrare in Cambogia e proseguire a sud fino a Kampuchea, dove immaginava che nessuno sarebbe andato a cercarlo. Non sapeva di preciso perché fosse convinto che nessuno l'avrebbe cercato laggiù; sapeva solo che se fosse stato *lui* a cercarsi, Kampuchea sarebbe stato più o meno l'ultimo posto in cui si sarebbe aspettato di trovarsi. L'*ultimo* sarebbe stato magari la Finlandia, o la Manciuria, uno di quei posti freddissimi, e magari quella sarebbe stata la mossa migliore, la più furba, ma Marv aveva vissuto una tale quantità di inverni del New England da essere abbastanza sicuro di essersi giocato la narice destra e il coglione sinistro a furia di geloni, sicché fanculo ai posti freddi.

Guardò di nuovo il bar. Se Eric era morto (e a questo punto sembrava maledettamente probabile che lo fosse) significava che Bob aveva appena risparmiato una perdita di milioni di dollari alla banda Umarov e a tutte le altre organizzazioni criminali della città. Milioni. Ne sarebbe uscito come un dannato eroe. Magari gli avrebbero anche dato una mancia per aver fatto la guardia ai soldi. Bob era sempre piaciuto a Chovka perché era un gran leccaculo. Magari si sarebbe beccato un bel 5 per cento. Quanto bastava per andare in Cambogia, si disse Marv.

*Bene, allora, cambio di piano. Aspetta che i ceceni tolgano il disturbo e poi vai a fare due chiacchiere con Bob.*

Ora che aveva un piano, Marv si risollevò leggermente sul sedile. Anche se gli venne in mente che probabilmente avrebbe dovuto imparare il thai. O quanto meno comprare un libro sull'argomento.

Vabbe'. L'avrebbe trovato all'aeroporto.

Seduto al bar, Chovka fece scorrere le ultime chiamate sul cellulare di Eric Deeds. Bob era in piedi dietro il banco.

Chovka ruotò il telefono verso di lui per mostrargli il numero di una recente chiamata persa.

«Conosci questo numero?»

Bob annuì.

Chovka sospirò. «Lo conosco anch'io.»

Anwar uscì dalla cella frigorifera tirandosi dietro una sacca con rotelle.

«C'è stato?» gli chiese Chovka.

«Nessun problema» rispose. «Gli abbiamo spezzato le gambe.»

Lasciò cadere la sacca piena di Eric davanti all'ingresso e attese.

Chovka intascò il cellulare di Eric ed estrasse il suo.

Gli altri ceceni emersero dal retro.

«Abbiamo infilato i soldi nei barilotti di birra, capo» disse George. «Dakka ha detto che passa fra una ventina di minuti con il camion.»

Chovka assentì. Era concentrato sul suo telefono, intento a comporre messaggi come una liceale durante la pausa pranzo. Quando ebbe finito, si rimise il telefono in tasca e fissò Bob per un tempo interminabile. Se gli avessero chiesto di indovinare la durata di quel silenzio, Bob avrebbe detto tre, forse quattro minuti. Ma gli parvero due giorni. Nel bar non si muoveva un'anima, non c'era un suono oltre a quello di sei uomini che respiravano. Chovka lo guardava negli occhi, ma poi il suo sguardo andò oltre gli occhi, passò sopra il cuore e gli penetrò nel sangue. Ne seguì il flusso attraverso i polmoni e nel cervello, percorse i suoi pensieri e i suoi ricordi come se fossero stanze di una casa che forse era già stata dichiarata inabitabile.

Chovka infilò la mano in tasca. Posò una busta sul banco. Inarcò le sopracciglia rivolto a Bob.

Bob aprì la busta. Conteneva una serie di biglietti dei Celtics.

«Non sono a bordocampo, ma sono ottimi posti» disse Chovka. «Sono i miei biglietti.»

Il cuore di Bob riprese a pompare. I suoi polmoni si riempirono di ossigeno. «Oh. Wow. Grazie.»

«Settimana prossima te ne porto degli altri» riprese Chovka. «Non vado a tutte le partite. Ce n'è un sacco, capisci? Non posso vederle tutte.»

«Certo» disse Bob.

Chovka lesse un messaggio sul cellulare e prese a comporre la risposta. «Per via del traffico devi partire un'ora prima della partita all'andata e un'ora dopo al ritorno.»

«Sì, il traffico può essere un problema» convenne Bob.

«Ogni volta che lo dico ad Anwar, lui risponde che non è così male» osservò Chovka.

«Non è come Londra» disse Anwar.

Chovka stava ancora scrivendo il suo sms. «Niente è come Londra. Fammi sapere se i posti ti piacciono, Bob. Sicché è entrato dalla porta come se niente fosse?» Rimise il telefono in tasca e guardò Bob.

Bob batté le palpebre. «Sì. Dall'ingresso principale, subito dopo che avevo fatto uscire Millie.»

«Ti ha puntato la pistola in faccia e tu gli hai detto "non stasera", mmm?»

«Non ho detto niente.»

Chovka fece il gesto di premere un grilletto. «Come no, hai detto *pop*.» Infilò di nuovo la mano nella tasca laterale e ne estrasse un'altra busta. Quando la gettò sul banco il lembo si aprì a rivelare un mucchietto di banconote. «Da parte di mio padre. E l'ultima volta che mio padre ha dato dei soldi a qualcuno? Puh. Sei diventato un membro onorario degli Umarov, Bob.»

Bob non riuscì a dire altro che "grazie".

Chovka gli diede un buffetto sulla guancia. «Dakka passerà fra poco. Buonanotte.»

«Buonanotte» disse Bob. «Grazie. Buonanotte.»

George aprì la porta e Chovka uscì accendendosi una sigaretta. Anwar lo seguì con la sacca che conteneva Eric, e le rotelle sobbalzarono sulla soglia e poi ancora sul marciapiede ghiacciato.

E adesso cosa cazzo succedeva? Marv osservò i ceceni uscire dal locale con una borsa talmente pesante che dovettero mettersi in due per caricarla sul furgone. Con tutti quei soldi, avrebbero dovuto avere ben più di una sacca.

Quando il convoglio ripartì Marv abbassò il finestrino e gettò la sigaretta sulla cresta di neve accanto all'idrante. Il mozzicone rotolò giù dalla montagnetta ghiacciata, proseguì sul marciapiede e si spense con un sibilo in una pozzanghera.

Un'altra cosa che avrebbe dovuto fare al suo arrivo in Thailandia: smettere di fumare. Basta così. Fece per richiudere il finestrino e in quel momento vide un tizio sul marciapiede, a meno di dieci centimetri di distanza.

Lo stesso che qualche settimana prima gli aveva chiesto la strada per l'ospedale.

«Ah, merda» mormorò Marv mentre il tizio gli sparava in pieno naso.

«Andate in pace per amare e servire il Signore.»
Padre Regan fece il segno della croce e terminò la messa. L'ultima messa.

Si guardarono fra loro, i pochi rimasti, i penitenti, i fedeli delle sette: Bob e Torres, la vedova Malone, Theresa Coe, il vecchio Williams, più altri che non si vedevano da un po' e che erano riapparsi per concedersi un cammeo speciale, un'apparizione nell'ultima replica. Bob poteva leggere lo stesso stordimento in tutti i volti: sapevano che sarebbe accaduto, eppure in qualche modo non se n'erano resi conto.

«Se c'è qualcuno che vuole acquistare una delle panche prima che vengano messe in conto vendita,» soggiunse padre Regan «può chiamare Bridie in canonica, che resterà aperta per altre tre settimane. Dio vi benedica.»

Per un minuto nessuno si mosse. Poi la vedova Malone uscì strascicando i piedi nella navata centrale, seguita da Torres. Poi fu il turno di alcuni degli ospiti speciali. Bob e il vecchio Williams furono gli ultimi. Giunto al fonte battesimale, Bob si fece il segno della croce per l'ultima volta fra quelle mura e incrociò lo sguardo del vecchio Williams. Questi sorrise e annuì diverse volte senza dire nulla, poi uscirono insieme.

Fermi sul marciapiede, Bob e Torres alzarono gli occhi sulla chiesa.

«Quando ha disfatto il suo albero, quest'anno?» chiese Bob.

«Il giorno dopo Natale, e lei?» rispose Torres.

«Idem.»

Si rivolsero un cenno di intesa e ripresero a guardare la chiesa.

«Proprio come avevo previsto» disse Torres.

«In che senso?»

«L'hanno venduta alla Milligan Development. Ne faranno degli appartamenti, Bob. I profani si siederanno lassù dietro quella meravigliosa finestra, sorseggiando i loro merdosi caffè di Starbucks e parlando della fede che ripongono nei loro insegnanti di Pilates.» Fece un sorrisetto triste e scrollò le spalle. Poi, dopo un minuto: «Voleva bene a suo padre?».

Bob lo guardò abbastanza a lungo da capire che era una domanda seria. «Un gran bene.»

«Eravate legati?»

«Sì.»

«Anche noi. Non è così comune.» Torres rialzò gli occhi su Saint Dom. «Era una bellissima chiesa. Mi spiace per Cousin Marv.»

«Un furto d'auto finito male, hanno detto.»

Sgranò gli occhi. «È stata un'esecuzione. A un isolato e mezzo dal vostro bar.»

Bob continuò a guardare la strada e non rispose.

«Eric Deeds» riprese Torres. «Gliene ho già parlato una volta.»

«Mi ricordo.»

«La prima volta non se ne ricordava.»

«Ricordo che me ne ha parlato.»

«Ah. La domenica del Super Bowl era nel vostro locale. L'ha visto?»

«Ha presente quanta gente c'era nel bar la domenica del Super Bowl?» chiese Bob.

«L'ultimo luogo in cui è stato visto» proseguì Torres. «Dopodiché, puf. Esattamente come Richie Whelan. Ironico, visto che si dice fosse stato Deeds a uccidere Whelan. La gente viene fatta fuori o scompare a destra e a manca, ma lei non si accorge di niente.»

«Potrebbe ricomparire» disse Bob.

«Se lo farà, sarà probabilmente in un ospedale psichiatrico» ribatté Torres. «Dove si trovava la sera in cui Whelan svanì dalla faccia della terra.»

Bob lo guardò.

Torres annuì diverse volte. «È la verità. Il suo socio mi ha detto che Deeds ha sempre rivendicato l'omicidio di Whelan perché non l'aveva fatto nessun altro e pensava che avrebbe aiutato la propria credibilità criminale. Però non fu lui a ucciderlo.»

«Ma qualcuno sentirà la sua mancanza?» domandò Bob.

Torres non riusciva a credere alle proprie orecchie. Sorrise. «Sentirà cosa?»

«La sua mancanza» ripeté Bob.

«No» rispose Torres. «E forse lo stesso vale per Whelan.»

«Non è vero. Conoscevo Glory Days. Non era un cattivo ragazzo. Per niente.»

Per un po' nessuno dei due aggiunse nulla. Poi Torres si sporse verso Bob. «Riesce sempre a sorprendere tutti, vero?»

Bob mantenne un'espressione aperta e cristallina come il Walden Pond. Tese la mano e rispose alla stretta di Torres. «Stia bene, detective.»

«Anche lei.»

Lo lasciò lì sul marciapiede, intento a fissare un edificio in cui non poteva cambiare nulla di ciò che vi stava succedendo.

Nadia passò da lui qualche giorno dopo. Portarono fuori il cane, e quando giunse l'ora di tornare a casa andarono da lei.

«Devo credere» disse Nadia quando furono entrati «che ci sia una ragione. E anche se la ragione è che tu mi ammazzi appena chiudo gli occhi...»

«Io? Cosa? No» esclamò Bob. «Oh, no.»

«...va bene lo stesso. Perché non posso più andare avanti da sola. Nemmeno un solo giorno.»

«Neanch'io» disse Bob serrando gli occhi. «Neanch'io.»

Per un lungo intervallo non parlarono. Poi: «Ha bisogno di uscire».

«Mmm?»

«Rocco. È un bel po' che non esce.»

Bob aprì gli occhi sul soffitto della camera da letto. Da bambina Nadia vi aveva applicato delle stelle adesive, ed erano ancora lì.

«Prendo il guinzaglio.»

Al parco, il cielo di febbraio era basso sopra di loro. Il ghiaccio sul fiume si era aperto, ma piccoli blocchi restavano aggrappati alle rive scure.

Bob non sapeva cosa credere. Rocco zampettava davanti a loro tirando leggermente il guinzaglio, così fiero, così soddisfatto, irriconoscibile rispetto al grumo tremante di pelo che lui aveva pescato da un bidone solo due mesi prima.

Due mesi! Incredibile. Certo che le cose potevano cambiare molto in fretta. Un bel mattino ti rigiravi nel letto e trovavi un mondo nuovo. Un mondo che ruotava verso il sole, stiracchiandosi e sbadigliando. E poi ruotava verso la notte. E dopo qualche ora tornava a girarsi verso il sole. Ogni giorno un mondo nuovo.

Giunti in mezzo al parco, Bob liberò Rocco dal guinzaglio e prese una palla da tennis dalla tasca. Rocco ritrasse il capo. Emise uno sbuffo sonoro. Raschiò il terreno con la zampa. Bob lanciò la palla e Rocco vi saettò dietro. Bob si dipinse un rimbalzo sbagliato della palla, la immaginò finire in strada. Poi uno stridore di ruote, un tonfo di metallo contro cane. Pensò a cosa sarebbe successo se Rocco, improvvisamente libero, non si fosse più fermato.

Ma che ci potevi fare?

Le cose non potevi controllarle.